비부패세계

비부패세계

조시현 소설집

청색종이

차례

비부패세계

조시현 소설집

007   비부패세계
041   래빗 독스

081   평론 | 이성혁(문학평론가)
095   작가의 말

비부패세계

시체가 썩지 않기 시작했다.

평생 노출되어온 방부제와 화학물질이 원인이라고 했다. 인류는 모든 것을 이해하고 있다고 여기며, 너무 많은 종류의 화학물질을 만들었다. 어떤 물질이 어떻게 만나 어떤 작용을 일으켰는지 밝혀진 바는 없으나 지구에 사는 이상 이를 피할 방도는 없었다. 얼마 지나지 않아 죽은 몸은 산업 쓰레기로 분류되었고, 매장도 화장도 금지되었다. 매장은 토질 오염을, 화장은 대기 오염을 유발한다는 것이 이유였다. 더 이상 장례의식을 치를 수 없을 정도로 심각한 수준이었다. 몇 차례의 치열한 논쟁과 시위와 합의 끝에 죽은 몸은 지정된 매립지로 보내졌다. 살아 있는 사람들이 살아가기 위해서는 어쩔 수 없는 일이었다. 죽은 사람들이 돌아오기 전까지는 그랬다.

그러니까 그건, 소위 말하는 좀비였다.

그들은 걸어서 우리 곁으로 돌아왔다. 생명 반응이 없는 상태였으므로 어떻게 매립지의 문을 열었는지 또 어떻게 철조망을 뜯었는지 알아낼 수 있는 방법은 없었지만, 어쨌든 그런 일이 벌어졌다. 조금도 썩지 않아서 외양으로는 살아 있는 사람과 구분할 수 없었다. 다른 점이라면 인간이 아니라고 여겨질 만큼의 평화로운 얼굴이었다. 한 앵커는 그 얼굴을 두고 '마치 잠든 아기천사와 같다'고 표현했다가, 걷잡을 수 없이 쏟아지는 비난과 악성 댓글을 견디지 못하고 은퇴했다. 좀비라는 명칭도 그때 정해졌다.

어쩌 사람들이 좀 들뜬 것 같지? 그렇게 말한 것은 언니였다. 이제 지구는 끝났다, 인간이 멋대로 군 벌을 받는 것이다, 다른 생명에 대한 책임을 져라, 여기저기서 쏟아지는 비관의 말들 속에서 나 역시 묘한 기대감을 감지할 수 있었다. 우리는 그냥, 누군가가 끝내주길 바라면서 살고 있었나 봐. 스스로의 힘으로는 멈출 수 없으니까. 언니는 지친 표정이었다. 어쨌든, 모든 것이 영화와는 전혀 달랐다. 그들은 몹시 굼떴고 반응 속도도 느렸다. 위협적이지도, 괴상하지도 않았다. 대신 영화에서 나오는 것보다 훨씬 우아하게 타인들을 감염시켰다.

긴박함조차 없이 모든 일은 아주 쉽고 빠르게 벌어졌다. 좀비는 인간뿐 아니라 모든 유기체에 영향을 미쳤다. 알려진 바에 의하면, 죽은 몸이 내뿜는 방사능과 화학물질에 삼십 분만 노출되어도 곧장 감염된다고 했다. 감염이란 죽음을 의미했다. 그리고 박제. 영원히 떠돌아다니기. 그들이 왜 돌아왔는지, 어떻게 움직일 수 있는지를 정확하게 말할 수 있는 사람은 없었지만 뇌에 누적된 화학물질들이 일종의 운동 반응을 일으키는 거라는 추측이 가장 설득력 있었다. 그들의 목적은 딱히 감염시키는 데 있는 게 아니었다. 그저 돌아다닐 뿐이었다. 그럼에도 감염자의 수는 꾸준히 늘었다. 버스나 지하철에서 졸거나 잠들어버린 사람들이 감염되는 경우가 가장 많았다. 그들은 다시 가족의 품으로 돌아가지 못한 채 하염없이 길을 떠돌았다. 그저 잠든 듯한 얼굴을 가진 이에게 해를 입힐 수 있는 사람은 많지 않았다. 공격의사가 없는, 생명 반응이 일어나지 않을 뿐인, 그러나 자유의지를 가지고 움직이는 듯 보이는 몸을 학풀이로 훼손한 사람에 대한 처벌 수위를 논하느라 여론이 떠들썩했다. 윤리나 존엄성에 대한 문제도 불거져 좀비에 대한 강경한 대책을 세우지 못한 채 논의가 길어졌다. 대응할 겨를도 없이 어느새 인류의 삼 분의 일이 좀비로 변했다.

 출퇴근 시간의 지하철에서는 무심코 잠들었을 사람들을 깨우기 위해 십 분마다 알람이 크게 울렸다. 어디서나 정신을 똑바로 차리고 있어야 했다. 대략적인 행동지침이 마련되었다. 말을 걸어도 대답하지 않는 사람 옆에 오 분 이상 있지 않기. 거동이 수상한 사람과 십 분 이상 함께 있지 말기. 아무 데서나 잠들지 않기. 작은 벌레 조심하기. 정신만 똑바로 차리고 있으면 그들은 무해했고, 어느 정도 적응이 되자 움직이는 가로등이나 뭐 그런 비슷한 것으로 느껴졌다. 우리는 금세 그들과 공존하는 법을 찾았다. 위협적이진 않고 성가셨다.

 그리고 언니가 돌아오지 않은 지도 벌써 삼백삼십팔 일째가 되었다.

 언니는 자주 피곤해했다. 버스에서도, 지하철에서도 틈만 나면 졸아 종점에서 택시를 타고 돌아오는 일이 잦았다. 택시비 내려고 일을 하는 거냐고, 정신을 똑바로 차리고 돌아와 그 돈으로 야식을 시켜먹자고 반쯤 진심을 담아 놀리는 것은 언제나 내 몫이었다. 언니는 학원에서 일했다. 일하는 대부분의 시간을 서 있는 바람에 다리가 곧잘

통통 부었고, 자주 허리 통증을 호소했다. 퇴근 시간보다 늦게 돌아오는 날도 여럿이었다. 그 업계는 다 그렇다고, 어쩔 수 없는 일이라고 했다. 언니가 돌아오지 않은 지 사흘이 지났을 때, 용기를 내 학원으로 전화를 걸었다. 수화기 너머의 사람은 되레 언니가 출근하지 않는다는 말을 무례하게 했다. 이게 막 어디 가서 크게 자랑할 만한 직업은 아니지만. 일하면서 개념 없는 애 한두 번 만난 것도 아니지만. 은희 씨까지 솔직히 그럴 줄은 몰랐는데. 학생 보는 입장에서는 책임감이라는 게 있어야 하잖아요. 올해 수능 보는 애들은 어쩌라고요. 나는 언니가 한 번도 내게 털어놓지 않은 모멸감을 느끼며 어금니를 꽉 깨물었다. 좀비라도 된 것 아녜요? 이어지는 무심한 질문에는 그만 전화를 끊어버리고 말았다. 언니는 당장에라도 돌아올 수 있었다. 감정을 못 이기고 아무 말이나 해서 언니를 곤란하게 만들고 싶지는 않았다. 언제든 다음을 생각해두어야 했다. 그렇게 며칠이 흘렀다. 이유 없이 돌아오지 않는 사람은 없었으므로 언니도 좀비가 되었을 거라고 생각하는 편이 옳았다. 경찰도 그렇게 얘기했다. 언니의 애인이 두어 번 찾아왔으나 여태 돌아오지 않았다는 말에 급격히 표정이 어두워졌다. 다시 언니를 찾는 사람은 없었다.

언니는 감염되기 쉬운 사람이었다. 무엇보다 낯선 이들에게 상냥했다. 비틀거리는 사람이 있으면 반드시 팔을 잡아주었고, 가까운 의자로 데려가 앉히고, 물을 사다 먹였다. 모르는 사람이 길을 물어도 제대로 대답해주었고, 누가 봐도 수상한 사람이 묻는 심리테스트에도 친절하게 응했다. 아이들을 후원한다며 복조리나 복주머니를 파는 사람들이 말을 걸면 선뜻 사주기까지 했다. 걔네 사이비 종교래. 그거 절대 착한 거 아니다. 나쁜 짓 하는 거 도와주는 거야, 그냥. 타박하는 말에도 언니는 웃었다. 그렇지만 정말이면 어쩌려고 그래. 언니의 선의는 기가 막힐 정도였다. 그런 것을 정말 착하다고 말해도 되는 것일까. 그런 멍청한 선의들이 세상을 이렇게 만든 거라면.

맥아리 없이 수그러든 어깨와 잠이 부족해 아무 데서나 꾸벅거리며 떨어지는 목을 보고 있자면 그런 생각은 확신을 더했다. 그러니까, 자기 몸부터 잘 챙겨야 하는 게 아닐까. 그래도 나쁘게만 생각하고 싶지는 않았다. 언니는 언젠가 언니에게 도움을 받았던 누군가를 기적적으로 만났을지도 모른다. 그이가 언니를 도와주고 있을 것이다. 세상에는 종종 그런 기적이 일어나기도 하니까. 언니는 그 정도의 호의는 기꺼이 받을 수 있는 사람이니까. 아니면

곤경에 처한 누군가를 도와주고 또 도와주느라 늦어지고 있는 건지도 몰라. 곤란한 사람이 점점 더 많아지는 세상이니까 언니 같은 사람은 좀처럼 돌아올 수 없는 것이다.

 그렇지만 걔가 정말 살아 있다면 지금까지 오지 않을 애가 아니잖니. 수화기 너머로 엄마는 울먹이며 소리쳤다. 그만 보증금 빼고 내려와라. 너까지 없으면 나는 어떡하니. 하지만 이 방을 구한 건 언니였다. 영점 오 층으로 햇빛이 비스듬하게 드는, 풀 옵션의 원룸. 언니가 좋아하는, 밝은 톤에 화려한 꽃무늬가 그려진 커튼. 언니와 내 몫의 물건이 어지럽게 뒤섞인, 우리의 방. 그렇지만 엄마, 언니가 돌아오고 있으면 어떡해. 기껏 왔는데 빈방이면. 내일 오면. 그러니까, 내려가지 못하는 것은 언니를 포기하지 못하는 내 마음 때문인지도 몰랐다. 쪽지를 남겨. 엄마가 그렇게 말한 건 나라도 지켜야겠다는 마음에서였을 것이다. 이해는 됐지만 서운했다. 졸지 않을게. 주문처럼, 그렇게 말했다.

 그런데 방에 쓰레기를 모으고 있더라니까?
 진짜?
 현관까지 쓰레기가 꽉 차 있는데, 다들 기가 막혀서 아무 말도 못 했어. 어쩐지 빌라 일 층부터 냄새가 장난 아니었거든.

왜 그랬대?

이제라도 지구를 지켜야 한다고, 아직 늦지 않았다고. 부끄러운 줄 알라고 막 그러던데. 자기 행동은 안 부끄러운가?

이재는 잔뜩 화가 난 목소리였다. 몇 달 전부터 복도에서 고약한 냄새가 났는데 범인이 옆집 사람이더라는 얘기였다. 냄새 얘기를 가끔 듣긴 했지만 네가 예민한 것 아니냐고 무성의하게 대꾸했던 터라 미안한 마음이 들었다. 좀처럼 큰소리를 내는 법이 없는 애가 단단히 시달린 모양이었다. 이 사태가 인간의 손으로 빚어진 환경 재난이라는 사실이 공식적으로 발표되자, 나름대로의 방식대로 상황을 해결해보려는 사람들이 등장했다. 누군가는 쓰레기를 원인으로 지목했다. 화학물질로 이루어진 물건을 제대로 처리하지 않으니 이런 문제가 발생할 수밖에 없다는 주장이었다. 아주 틀린 말은 아니었다.

근데 그걸로 지구가 지켜져?

살아가기 위해서는 계속 만들고 사고 쓰고 버릴 필요가 있었다. 지켜야 할 생활이 있었으므로 쓰레기는 곧 삶의 증

거였다. 우리는 우리가 만들어낸 것과 평생을 함께 살아가야 했다. 눈앞에서 치운다고 해결될 거란 순진한 믿음은 어디서 오는 걸까. 당장 매립지에서 돌아온 좀비들도 있는데.

내 말이. 근데 그 사람은 진짜 자기가 뭔가 하고 있다고 믿고 있더라.

언니의 순진한 선의를 떠올리게 하는 구석이 있어 마음이 약간 불편해졌다. 나는 버스가 온다고 둘러대고 전화를 끊었다.

부활의 날입니다! 예수님 믿으세요!

열심히 외치던 여자가 버스에 오르기 직전 내 손에 물티슈를 쥐여주었다.

일련의 상황에도 회사는 문을 닫지 않았으므로, 졸지 않으며 나는 매일 출근을 했다. 호스트와 통화를 하고 명확하지 않은 요구에 맞춰 대안을 제시하고 디자인팀과 싸우고 행사를 준비하면서 시간은 빠르게 지나갔다. 일 년에 가까운 시간이 지나는 동안 집주인과 두어 번 통화를 했고, 집주인은 언니를 찾지는 않았다. 좀비가 득시글거리는 세상에서도 사람들은 사랑을 하고 미래를 말했다.

잠이 올 때마다 언니에게 전화를 걸어보는 습관이 붙었다. 핸드폰이 꺼져 있어 음성사서함으로 연결됩니다. 돌아오는 목소리는 언제나 같았다. 정신 차리지 않으면 너도 곧 이렇게 될 거라는, 일종의 경고였다. 그래도 섣불리 불길하다고 단정지을 수는 없었다. 언니는 전화를 받지 않기 일쑤였고 더러는 충전하는 것도 잊은 채로 방치했다. 연락 문제로 친구나 애인과 싸워 운 적도 있었다. 성향 탓인지 그런 점은 절대로 고쳐지지 않았다. 나는 창밖의 어둠 속에서 아주 느리게 걷는 좀비들의 그림자를 물끄러미 쳐다보았다. 그들은 그저 걷고 있었다. 표정만으로도 좀비와 인간들은 쉽게 구분되었다. 생각을 하지 않으므로 평온해질 수 있는 걸까. 아주 달콤하고 부드러운 꿈을 꾸고 있을까. 죽은 줄도 모르고 죽은 사람들. 이제 제사도, 무덤도 전부 우스꽝스러운 일이 되었다. 저들 틈에 언니가 없기만을 바라다가도, 언니가 한 번만이라도 질릴 만큼 자보았으면 좋겠다는 마음도 동시에 들었다.

인간의 삼 분의 일이 좀비로 변했는데도 어떻게 세상은 아무렇지 않게 굴러갈 수 있는 걸까. 이 세계가 굴러가게 하는 힘은 뭘까. 아무래도 사람은 아니었다. 유리창에 비치는, 피곤에 찌든 내 얼굴을 물끄러미 쳐다보았다. 언니와 닮지 않은 얼굴이었다.

지구멸망이라는 단어는 우리를 들뜨게 했다. 나와 언니는 그런 상상을 좋아했다. 끝장나는 얘기들. 세계가 끝장나야만 하는 이유는 손에 꼽지 못할 정도로 많았다. 언니는 몇 번이나 시험을 망친 뒤 얌전히 학원에 취직했다. 일상의 크고 작은 불행은 우리의 잘못이었고, 잘못을 고치기 위해 안간힘을 쓰는 대신 세계가 알아서 끝나주기를 바라는 편이 훨씬 가망 있었다.

스노 글로브를 사온 것은 언니였다. 같이 살게 된 지 얼마 되지 않았을 무렵이었다. 지원한 회사 어느 곳에서도 연락이 오지 않아 우울한 겨울이었다. 나도 시험이라도 봐야 하나. 언니처럼 살고 싶지는 않아. 아냐, 언니가 어때서. 자꾸 그런 생각이 드는 내가 싫어 언니와의 대화도 피하고 이불 속에 처박혀 잠만 잤다. 스노 글로브는 언니가 일하는 학원 일 층에 입점한 팬시점에서 연말 떨이 행사로 판매한 것으로, 바닥에 삼십 퍼센트 할인 스티커가 붙어 있었다. 투명한 유리 돔 안에 자매가 손을 잡고 나란히 서 있었다. 둘만 남은 세계에서 멸망의 나머지 부분을 기다리듯이 의연한 자세였다. 영원히 보존될 세계. 이건 우리야. 언니는 말했다. 그들은 다정하고 외로워 보였다. 난 항상 네 편인 거 알지? 언니가 살풋 웃자 턱에 보조개가 팼다. 세상이 끝나도 너의 곁에 있을게. 그 말은 그러니까 너도 내 곁에 있어달라는 말처럼 들렸다. 그들의 앞에 모닥불이 타고 있었다. 영원히 보존되는 세계에서 그들이 불태운 것은 무엇일까. 그토록 없애버리고 싶었던 것은. 나는 그것을 몇 번이고 뒤집어댔다. 아무것도 사라지지도 썩지도 않는 세계에서 맞는 눈은 어떤 느낌일지 상상하면서.

그 겨울, 우리는 과자를 뜯어놓고 나란히 엎드려 각종 재난 영화와 종말 영화를 섭렵했다. 지구가 종말 할 수 있는 기발한 방법은 수천 개나 되었다. 빠르고 깔끔하고 요란한 종말은 늘 감탄스러웠다. 우리는 팩을 붙이고 누워 가장 먼저 죽어버렸으면 하는 이들의 이름과 이유를 하나씩 댔다. 그래서 막상 이런 방식으로 좀비가 나타나기 시작했다는 얘기를 들었을 땐 조금 실망했다. 느리고, 지루하고, 위험하지도 않은 멸망. 차라리 그 무렵 아무렇게나 골라잡은 내 회사가 더 위험했다.

그래도 언젠가는 전부 좀비가 되겠지? 그래야 끝날 테니까.

골똘히 뉴스를 보던 언니가 심각한 얼굴로 말했다. 나는 심드렁하게 고개를 끄덕였다. 그렇지, 언젠가 끝나기야 하겠지. 의식 없는 인간들만 남아 영원히 썩지 않고 돌아다니는 지구를 상상해보았다. 아무것도 늙지도 낡지도 썩지도 않고 모든 것이 새것 같은 지구. 그거야말로 플라스틱이 하는 일이었다. 결국 모든 것이 플라스틱이 되는 결말이라니. 자신이 만든 환경에 먹히는 인간에 대한 이야기는 이미 너무 진부해서 하품조차 나오지 않을 정도로 시시했다. 재앙조차 매끄럽고 깔끔한 세계. 어떤 게임도 그렇게 시시하게 끝나지는 않을 것이다. 게다가 조금 끔찍한 말이긴 하지만 나는 그맘때쯤 절대로 쉽게는 죽지 않았으면 좋겠는 사람이 몇 명이나 있었다.

뭐가 이러냐.

나는 맥주 캔을 뜯었다.

예은아.

왜?

정신 똑바로 차리고 다녀.

피하는 것도 어렵지 않고, 영화에서처럼 쫓아오거나 물어뜯지도 않는다. 저런 걸로 좀비가 되어버린다면, 자신은 멍청이라고 광고하는 거나 다름없었다.

언니나.

나는 그럴 일 없어.

언니가 삼 년째 시험에서 떨어졌을 때 엄마는 머리가 나

쓰면 미련스럽게 착하기라도 해야 한다고 지나가듯 말한 적이 있었다. 언니가 없는 자리에서였다.

그냥 핵이나 터졌으면.

툭 뱉은 말에 언니가 눈을 흘겼다.

왜 그런 말을 해? 요새 무슨 일 있어?

어차피 말한다고 터지는 것도 아닌데, 뭐.

좀비가 하나둘씩 늘어나기 시작했을 때도 우리는 놀라지 않았다. 오히려 그게 더 놀라울 정도였다. 모든 것이 고요했고, 변하는 건 아무것도 없었다.

그리고 언니가 돌아왔다. 예상과 한 치도 다르지 않게 좀비가 된 채였다.

전날 이재와 늦게까지 통화를 하느라 늦잠을 잤다. 머리를 말리지도 못하고 현관문을 여는데 문 너머로 뭔가가 걸렸다. 택배를 시켰었나, 엄마가 보낼 물건이 있었나, 기억을 되짚으며 힘껏 밀었다. 묵직한 것이 뒤로 밀려났다. 밖으로 나오고 나서야 그게 상자 따위가 아니라는 것을 깨달았다. 문에 밀린 언니는 계단 앞에, 마치 자는 듯한 얼굴로 가만히 서 있었다. 분홍색 인견 블라우스에 차콜색 슬랙스. 그날 출근할 때 그대로의 옷이었다. 내가 입으려고 꺼내둔

바지를 언니가 입고 나가서 하루 종일 화가 났던 탓에 기억하고 있었다. 믿을 수가 없었다. 언니의 어깨를 쥐고 조심스레 흔들어보았다. 언니의 어깨는 딱딱하고 차가웠다. 그러니까, 살아 있지 않다는 느낌으로 딱딱하고 차가웠다. 좀비가 돼서도 언니는 여전히 피곤해 보였다. 그럴지도 모르겠다고 생각은 했지만 막상 언니의 이런 모습을 보니 화가 치밀었다. 뻔뻔하게 좀비가 되어서 돌아오다니?

언니, 어떻게 온 거야?

당연하게도 언니는 대답이 없었다.

대체 무슨 일이 있었던 거야?

분명 졸았던 거겠지. 아무 데서나 꾸벅거리다 자기가 좀비가 되어가는 줄도 몰랐던 거지. 그러니까 왜 아무 데서나 멍청하게 넋을 놓고 있었던 거야. 이렇게 한심한 사람이 어디 있어. 어쩜 이렇게 무책임할 수가 있어. 이젠 다 틀렸어. 굳이 이 방을 지키고 있을 이유도 없어. 핸드폰을 열고 시간을 확인했다. 여기서 더 꾸물거리면 지각이었다. 갑자기 화가 치밀었다. 언니와는 달리 나는 내 몸을 책임져야 했다.

언니. 비켜줘.

언니의 얼굴에는 습관 같은 미소가 걸려 있었다. 왜 돌아와도 하필 이런 시간인 걸까. 언니는 한 번도 적절한 시간을 맞춰본 적이 없었다.

나 출근해야 해.

어깨를 밀자 언니는 비틀거리지도 않고 밀려났다. 돌아볼 겨를도 없이 계단을 내려갔다. 달려가 버스에 올라타고 나서야 숨을 돌릴 수 있었다. 따지고 보면 좀비가 돼버린 게 언니의 잘못은 아니었다. 짜증을 낼 필요는 없었는데. 어쨌든 어떻게든 집에 돌아왔다는 것에 생각이 닿자 눈물이 핑 돌았고, 이미 좀비가 되어버렸다는 사실에 결국 조금 울고 말았다. 쉬고 싶어, 라고 언니는 종종 말했다. 늘 눈 밑이 거뭇했고 얼굴에 그늘이 져 있었다. 언니는 다른 사람들보다 오 년이 늦었다. 어떻게든 자신의 자리를 만들기 위해 애쓴 시간을 사람들은 버렸다고 표현했다. 현실적으로 일을 그만두는 것은 불가능했다. 나는 대답 대신 퉁퉁 부어오른 언니의 다리를 주물렀다. 언니가 정말 쉴까봐 걱정했던 것은 아니고, 어차피 쉬지 못하는 걸 아는데 그럼 쉬라고 말해봤자 무슨 의미가 있냐고 생각했을 뿐이었다. 쉬라고 말했어도 언니는 결국 일을 했을 것이다. 그러면 그냥 한 번쯤은 말해줄 수도 있지 않았을까. 쉬고 싶을 땐 쉬어 언니. 나는 그런 종류의 말이 우리를 약하게 만

든다고 생각했다. 그러나 약한 게 대체 뭘까. 아마 좀비가 되어서도 내내 서 있었겠지. 다리가 부어 있었는지 잘 기억이 나지 않았다. 그런데 언니는 어떻게 돌아온 거지? 내내 걸어서? 의식이 조금이라도 있었던 건가? 몸이 기억하고 있는 반응일 뿐? 아니면 내가 걱정이 되어서? 그냥 돌아다니다가 우연히? 나는 무슨 생각으로 언니를 거기 그냥 두고 온 거지?

충격이 가라앉자 초조해졌다. 팔이라도 묶어둬야 했는데. 핸드폰을 켜고 엄마의 번호를 몇 번이나 문질렀다. 엄마에게 언니 얘기를 하면 엄마는 울면서 당장 내려오라고 할 게 뻔했다. 게다가 언니를 그냥 거기 두고 홧김에 회사에 가고 있다고? 차라리 살아 있을지도 모르겠다는 희망을 약간이나마 남겨두는 편이 엄마에게는 나을지도 몰랐다. 이대로 언니를 다시 잃어버릴 수는 없었다. 대부분은 좀비를 무시했지만, 간혹가다 눈에 띄는 좀비에게 화풀이를 하는 못된 사람도 있었다. 그렇게 둬서는 안 되었다.

결국 회사에 들어가자마자 조퇴를 요청했다. 내 표정을 본 팀장의 눈이 둥그레졌다. 근처에 앉아 있던 대표가 나를 물끄러미 쳐다보았다. 나는 그의 반질거리는 대머리를 쳐다보지 않기 위해 노력했다. 그는 무슨 일이 생길 때마다 성가신 기색을 숨기지 않으며 너네 때문에 내 머리털이 다 빠진다고 화를 내곤 했다. 직원이 여섯뿐인 소규모의 이벤트 회사였다. 주임을 달고 경력을 시작할 수 있다는 말에 이 년만 버티고 이직하자는 결심으로 시작한 것이 벌써 삼 년 차에 가까워지고 있었다. 좀비 사태가 벌어진 이후로는 이직도 쉽지 않았다. 노동과 소비를 할 수 있는 인구가 너무 줄어든 탓이었다.

요즘 우리 제일 바쁜 거 알지. 이게 다 조직에 대한 애정이고 책임감이에요.

집에 정말 큰일이 생겼어요.

지금 회사일 만큼 큰일이 있어?

언니가 좀비가 된 것 같아요.

내 말을 들은 대표가 눈을 가늘게 뜨며 의자를 조금 뒤로 물렸다. 내가 꼭 유해물질이라도 달고 나타난 것 같은 반응이었다.

일하면서 내가 별의별 변명을 다 들어봤어요. 증명서라도 받아와야 하는 거 아냐?

증명서라니. 대체 어딜 가서 뭐라고 말하고 증명서를 받아야 한다는 말인가. 동네 상가에 위치한 이비인후과의 간판을 떠올렸다. 좀비 진단은 채 오 분도 걸리지 않을 터였다.

산 사람은 살아야지. 좀비 때문에 조퇴를 해? 어디 좀비가 한둘입니까? 그리고 말이 좋아 좀비지 그거 그냥 쓰레기 아닙니까. 최 주임 잘 생각해야 해.

대답할 수 있는 말이 없었다. 깐깐하게 나를 몇 번이나 훑어보고 나서야 대표는 들어가 보세요, 했다. 무슨 말을 했건 간에 자신은 허락했다는 태도였다. 팀장이 내게 걱정스럽다는 눈길을 보냈다. 회사에서 나오자마자 이재에게 전화를 걸었다. 신호가 얼마 가지 않았는데 이재는 곧장 전화를 받았다.

큰일났어.

다급한 내 목소리에 이재의 목소리도 덩달아 높아졌다.

무슨 일이야?

언니가 돌아왔어.

근데 목소리가 왜 그래? 잘된 거 아니야?

대표의 반응이 떠올라 선뜻 입을 열 수 없었다.

우리 집으로 올 수 있어?

회사는 어쩌고?

조퇴했어.

이재가 숨을 들이켰다. 원래 월차엔 이재와 바람이라도 쐬러 다녀오자고 이야기가 되어 있었다. 묻지도 않고 멋대로 월차를 써버린 것과 언니가 돌아왔다는 사실을 두고 나름대로 무게를 재보고 있는 건지도 몰랐다. 다행히 이재는 내 일을 중요하게 받아들여 주었다.

일단 지금 갈게.

그제야 마음이 조금 놓였다. 정류장에 내려 빠른 걸음으로 집까지 걸었다. 그새 언니가 다른 곳으로 가버렸을까 걱정이었다. 아니나 다를까, 단지 앞에 익숙한 인영이 어슬렁거리고 있었다.

언니!

나는 버럭 화를 내며 언니에게 달려갔다. 조퇴를 한 게 다행이었다. 언니는 어떤 반응도 보이지 않았다. 언니의 얼굴이 너무나 고요하고 태평해서 문득 기가 막혔다. 걱정이란 걱정은 다 시켜놓고 태평한 얼굴로 죽어 있다니. 겉모습이 너무 멀쩡한 탓에 애도조차 할 수 없었다. 팔꿈치를 잡아끌어 계단을 오르는 동안 언니는 발목을 계단에 턱턱 부딪히면서도 눈을 뜨지도 신음을 흘리지도 않았다. 오 분 남짓 만진 거니까, 크게 문제는 없겠지. 그제야 언니의 맨발이 눈에 들어왔다.

신발은 또 어디서 잃어버린 거야.

가까이 노출되는 것은 삼십 분 이상은 안 되었다. 주변을 둘러보았지만 마땅한 해결책이 생각나지 않았다. 나도 속 편하게 좀비가 돼버리고 싶었던 게 한두 번이 아니었다. 아무런 고통도 없이 잠만 자면 알아서 다 끝나 있을 테니까. 하지만 그런 식으로 해서는 안 되는 거잖아. 나는 얼음땡을 하듯 언니의 팔을 툭 쳐보았다. 어렸을 때 자주 하던 놀이었다. 아무것도 녹지 않았다. 비밀번호를 누르고 문을 열어 언니를 들여보냈다. 언니의 주머니에는 핸드폰이 그대로 들어 있었다.

언니.

당연하게도 돌아오는 대답은 없었다.

일부러 그런 건 아니지?

나는 빠르게, 속삭이듯 물었다. 십 분이 넘게 가까이에 있었더니 슬슬 머리가 어지러웠다. 배출되는 화학물질에 너무 오래 노출되었다는 뜻이었다. 언니의 핸드폰을 충전기에 연결시키고 복도로 나왔다.

멀리 나갈 수도 없고, 나간다고 대책이 있는 것도 아니어서 그냥 계단참에 웅크려 앉았다. 방금 전까지는 몰랐는데 날씨가 제법 쌀쌀했다. 오늘이야 어떻게 넘긴다 치지만 앞으로는 어떻게 해야 하는 거지? 산 사람은 살아야지. 대표의 말이 자꾸 가슴을 쿡쿡 찔렀다. 쓸데없는 생각은 그만 해야지. 나는 핸드폰을 열고 오랜만에 카페에 접속했다.

좀살법은 좀비 시대에 살아남는 방법을 공유하는 인터넷 카페였다. 정확하게 알려진 것이 없으니 각종 기관에서는 잘못된 정보를 알리기를 조심스러워했고 사람들은 카페에 자신의 경험이나 목격담 같은 것을 올려 생존법을 나누었다. 사라진 가족이나 친구, 애인을 찾는 글도 종종 올라왔다. 이재를 만난 것도 이 카페에서였다. 저는 오늘 좀비가 되기로 결심했습니다…. 제목을 보고 그냥 지나칠 수가 없었다. 이 사람이 좀비가 되는 것을 막으면 다른 누군가도 언니를 도와줄 것 같았다. 알고 보니 이재는 나와 동갑이었고 같은 동네에 살고 있었다. 처음 만나서 우리는 오락실에 갔다. 쓸데없는 말을 하는 대신 우리는 총을 쏴서 좀비를 죽이는 게임을 했다. 어느 순간 이재는 들고 있던 총을 슬그머니 내려놓았다. 정신이 번쩍 든다고 했다.

마음이 쓰여 오며 가며 들여다보기를 몇 번 어느새 우리는 키스를 하고 있었다. 나는 이재의 어깨에 기대 다른 사람들의 잃어버린 가족, 연인, 친구들에 대한 글을 찬찬히 읽곤 했다. 언니를 포기하고 싶지는 않았으므로 언니의 이야기를 올리는 것은 고려대상에 없었다. 모르는 사람에게 좀비가 된 언니 얘기를 들을까 봐 겁이 나기도 했다. ㅠㅠ 어쩌냐. 내가 다 속상하다, 같은 댓글들을 보고 있으면 사실 이미 마음 깊은 곳으로는 나도 언니를 포기한 게 아닌가 하는 의심이 들었고 선뜻 아니라고 단언할 수 없어서 어느 순간부터는 접속하는 것을 그만두고 말았다. 오랜만에 접속한 자유게시판에는 별의별 글들이 다 올라와 있었다. 실종자를 찾습니다, 깨끗한 물건 팝니다, 좀비가 싫어하는 냄새를 찾은 것 같습니다, 출근길에 자꾸 조는데 십 분씩 교대해가며 깨워주실 분 구합니다, 게시판을 열 개나 내려갔는데 사라진 가족이 집 앞에 돌아왔다는 제목은 없었.

좀비가 된 언니가 돌아왔어요.

나는 몇 번이나 썼다 지우며 제목을 적었다.

저를 감염시키려고 온 걸까요? 좋아서? 미워서? 외로워서?

핸드폰을 내려놓기도 전에 알람이 울렸다.

다들 왜 자꾸 가족 타령이야? 환경폐기물에 감정이입하지 마.

비난하는 어조에 깜짝 놀라 재빨리 글을 삭제했다. 벽에 이마를 기대자 싸늘한 기운이 올라왔다. 아래층에서 쾅쾅거리는 소리가 울렸다. 숨을 헐떡이는 소리에 고개를 들자 서둘러 계단을 올라오던 이재와 눈이 마주쳤다. 이재가 수

줍게 웃었다.

언니는?

집에.

근데 왜 나와 있어?

언니가 좀비가 됐어.

눈이 좀 더 크게 벌어지는가 싶더니 이재는 내 뒤로 난 계단을 흘끔 쳐다보고 내 얼굴을 보고 다시 천장을 한 번 올려다보고 입을 벌렸다 다물었다. 막연히 짐작하긴 했지만. 정말 그럴 줄은 몰랐던 거긴 하지만. 덧붙이는 말에 이재의 표정이 심각해졌다.

어쩌다가?

몰라.

어떻게 돌아왔는데?

그것도 몰라.

어떡하게?

그것도 모르겠어.

집에 막 들여보내고 그래도 되는 건가?

그렇다고 아무렇게나 풀어놓을 순 없잖아.

엉덩이를 털고 일어나 비밀번호를 눌렀다. 이재는 머뭇거렸지만 돌아가지는 않았다. 언니는 신발장 앞에 가만히

서 있었다.

와.

이재가 얼떨떨한 얼굴로 감탄사를 흘렸다.

안녕하세요.

그리고는 꾸벅 고개를 숙여 인사를 했다. 남자친구가 생기면 언제 한 번 데리고 오라고 먼저 말한 것은 언니였다.

언니 분을 이렇게 만날 거라곤 생각도 못 했네.

이재가 머리를 긁적였다.

일단 들어와.

어, 그럼, 실례하겠습니다.

이재가 신발을 벗는 동안 나는 창문을 열었다. 내 움직임을 물끄러미 바라보던 이재가 입술을 달싹였다. 어떻게 말해야 덜 무례하게 들릴지 말을 고르는 눈치였다.

근데 밀폐된 공간에 같이 있으면 더 위험한 거 아니야? 환기시키면 괜찮은 건가.

다른 데로 가버리면 어떡해.

나는 좀비 되기 싫어.

일단 화장실에라도 들여보내 둘까?

이재가 한숨을 내쉬며 주머니에서 뭔가를 꺼냈다.

그렇게 대책이 없어서 어떡해.

붉은색의 개 목줄이었다.

이걸 어쩌려고?

좋은 생각이 날 때까지 일단 문밖에 묶어놓자.

이걸로? 언니를?

확실히 그게 가장 안전한 일이긴 했다. 좀비가 뿜어대는 물질이 사용하는 물건에 묻을지도 모르고. 계속 화장실에 둘 수도 없는 노릇이고. 우리 집에 베란다 같은 건 없고. 그냥 내보내면 또 멋대로 어딘가로 가버릴 테고.

생각할 동안만 잠깐.

내 표정을 본 이재가 황급히 덧붙였다. 지금 상황에 그것보다 나은 선택지는 없어 보였다. 언니를 그렇게 해선 안 된다는 생각이 들기도 했지만 나까지 좀비가 되어버리면, 엄마가 전화를 했을 때 아무도 받지 않으면 안 되니까. 내 스스로 나를 끝장낼 수는 없으니까.

어, 누나, 죄송해요.

이재는 머쓱한 기색으로 공손하게 허리를 숙였다. 내가 문을 열자 이재가 언니의 등을 밀었다. 언니의 손목에 줄을 걸어 현관 문고리에 여러 번 묶었다. 이재가 줄을 당겨 단단하게 묶였는지를 확인했다. 우리는 다시 안으로 들어왔다.

기분이 이상하네.

이재가 뒷목을 긁적였다. 대단한 걸 하지도 않았는데 진이 빠졌다.

목줄은 왜 들고 나왔는데?

애 산책시키려다가 전화받고 급하게 나오느라고.

근데 아무리 생각해도 언니를 내 손으로 내보낼 순 없어. 그건 좀 아닌 것 같아.

그럼 네가 잠깐 우리 집에 와 있어도 되는데. 왜, 그런 말도 있잖아. 레스트 인 피스.

그게 이럴 때 쓰는 말이야?

편히 쉬라는 뜻 아냐?

이재는 오래전부터 함께 살자고 내게 권유하고 있었다. 언니가 돌아올 수 있으니까 여기를 떠날 수 없다고 고집을 부린 건 나였다.

언니는 어떡하고?

가끔씩 와서 보고 가는 건?

여기가 동물원은 아니잖아.

퉁명스러운 말에 이재가 흘끗 내 눈치를 봤다.

너네 엄마여도 그랬을 거야? 목줄 가지고 와서 그렇게 막 어?

아, 그거는 말이 다르지. 아니야. 그런 말이 아니라. 나는 그냥 말한 거야.

그럴 땐 그냥 말하지 마.

침묵이 흘렀다. 무작정 데려온 것치고는 할 수 있는 일이 없었다. 그렇다고 언니를 원망하고 싶지는 않았다. 레스트 인 피스. 그건 나보다는 언니에게 필요한 말이었다. 하지만 저렇게 돌아다녀서야 쉴 수가 있나. 머리가 아팠다. 그때 누군가가 거칠게 문을 두드렸다. 이재는 다행이라는 기색을 숨기지 않은 채 재빨리 달려나갔다.

지금 이게 무슨 경우에요?

날카로운 목소리가 새어 들어왔다. 현관에 선 이재가 쩔쩔매는 얼굴로 나를 돌아보았다.

좀비를 건물 안에 들여놓으면 어떡해요.

옆집 아줌마였다. 몹시 화가 난 표정이었다. 장을 보고 왔는지, 양손에는 빵빵한 비닐봉지가 들려 있었다.

죄송해요. 저희 언니에요. 보신 적 있으시죠? 일 년 만에 돌아왔는데, 도저히 이대로 내버려둘 수가 없어서 잠깐. 어떻게 해야 할지 모르겠어서 잠깐 그런 거예요.

아니 그렇다고 같이 사는 복도에 이렇게 묶어놔?

방법을 잘 생각해볼게요.

우리 집에 애기가 둘이나 있어요. 사정이 안 된 건 알지만 좀비잖아.

　조금만 시간을 주세요.

　아줌마의 눈이 고요하게 잠든 언니의 얼굴로 향했다. 언니는 붉은색 목줄에 손목을 꽁꽁 묶인 채 얌전하게 눈을 감고 있었다. 아줌마는 연민과 동정, 황당함과 분노가 뒤섞인 복잡한 표정을 지었다.

　……저녁에도 이러고 있으면 집주인한테 전화할 거야.

　아줌마가 시선을 피하며 맞은편 문으로 걸어갔다. 이재가 감사합니다, 대답하며 허리를 숙였다. 힐끔 내 눈치를 본 이재가 언니의 핸드폰을 만지작거렸다. 전원을 누르자 새하얀 빛이 들어왔다.

　다리가 아파.

　핸드폰에는 누군가에게 보내려던 메시지가 그대로 적혀 있었다.

　언니의 다리는 퉁퉁 부어 있었다. 이재에게 십 분을 세라고 하고 언니의 다리를 주물렀다. 다리는 플라스틱처럼 아주 딱딱했다. 눕지도 않고 쉬지도 않고 내내 떠돌아다녔을 거라고 생각하자 속이 뒤집혔다. 아무리 힘껏 주물러도 언니의 다리는 말랑해지지 않았다. 손바닥에 미지근하게 땀이 찼다. 이재는 쓸데없는 짓이라던가 하는 타박 없이 나를 기다리며 이리저리 방을 둘러보았다.

심심하면 짐이나 대신 챙겨줘.

가게?

그럼 어떡해.

이재가 가방을 집어 들고 내가 불러주는 물건들을 하나씩 챙겨 넣었다. 신나 보이지 않으려고 애쓰는 것 같았지만 동작이 빨랐다. 너무 티가 났다고 생각했는지 이재는 어디선가 종량제 봉투를 꺼내 방에 널린 쓰레기까지 전부 주워담았다. 일주일에 한 번씩 버리는데도 봉투 하나가 금세 꽉 차서 약간 민망해졌다. 부지런히 정리까지 끝낸 이재는 나와 언니가 사 모은 물건들을 찬찬히 구경했다. 하나씩 만지작거리던 이재가 스노 글로브를 발견하고 위아래로 흔들었다. 손을 맞잡은 플라스틱 모형 위로 은색 반짝이 가루가 천천히 떨어져 내리기 시작했다. 자매는 영원히 떨어지지 않을 것처럼 아주 다정해 보였다. 영원히 보존될 세계. 무엇도 썩지도 사라지지도 않는 플라스틱의 세계. 끝까지 너의 곁에 있을게. 그걸 약속이라고 생각해본 적은 없었다. 이 방에서 둘이 영원히. 어쩐지 섬뜩해져서 나도 모르게 손을 떼어내는 순간 이재가 시계를 두드리며 몸을 일으켰다.

이제 가야 돼.

자리에서 일어나 커튼을 치고 불을 껐다. 언니. 기도하듯 깍지를 끼고 잠시 눈을 감았다. 이재도 나를 따라 했다. 할 수 있는 게 그것뿐이었다.

내일 다시 오자.

먼저 눈을 뜬 이재가 쓰레기봉투를 들고, 남은 손을 내밀었다. 언니는 내게서 등을 지고 어둠 속에 가만히 서 있었다. 몇 달 동안 집에 쓰레기를 쌓아두다 걸렸다는 이재의 옆집 사람이 떠올랐다. 다음 월세까지는 보름가량이 남았다. 언니를 여기에 이렇게 두는 게 옳은 일일까. 나는 언니를 지키고 싶은 걸까. 왜 언니가 돌아왔는데 이런 기분이 드는 걸까. 뭔가 아주 중요한 것을 잃어버린 것 같은데, 그게 정확하게 뭔지 알 수 없었다.

내일 다시 올게.

이재의 손은 모든 것을 녹일 것처럼 말랑하고 따뜻했다. 멀미가 날 것 같았다. 그래, 내일도 오고 모레도 와야지. 문을 열자 멀리서 알람 소리가 들렸다. 길 위에서 무심코 잠들어버린 이들을 깨우는 소리였다.

래빗 독스

그 게임은 지구와 함께 사라질 운명이었다.

철기 시대의 지구.

인간이 만들어낸 대부분의 것과 마찬가지로, 버려진 텔레비전과 비디오, 노트북과 휴대폰들은 조금도 썩지 않았다. 새로운 종류의 전자기기들은 계속해서 생산되었다. 그것들이 쌓여 하나의 지질층을 이뤄냈다. 사람들은 그 시기를 이차 철기 시대라고 불렀다. 그러니까, 진짜 철기 시대. 철기가 인간의 삶을 지배했던 그 시기. 도구에 의해 사용되고 있다는 걸 아직 인간들이 알아채기 이전의 무렵.

먼 옛날의 일이다.

그 게임을 발견한 건 순전히 우연이었다.

엄마는 수학과 과학을 잘하면 뭐든 먹고 살 수 있을 거라고 했다. 전우주선연합고등학생 대상 수학경시대회 최우수상 수상자에게 주어지는 부상은 지구견학권이었다. 매번 갈 수 있는 것은 아니었고 하필 그해가 4차 조사원들이 파견되는 해였다. 다 죽은 땅을 방문하는 게 굳이 상처럼 느껴지지는 않았지만 누구나 쉽게 가질 수 없는 경력임에는 틀림없었다. 행성에 발을 디뎌보았다는 사실은 훗날 탐사원이 될 때 가산점이 될 수 있었다. 유독 과열된 분위기에서 시험을 치렀다. 결과를 기대했던 건 아니어서 수상 소식을 들었을 땐 제법 기뻤다. 내게 아시안의 피가 흐르고 있기 때문이라고 수군거리는 애들이 있다는 건 알고 있었지만 혈통이 중요하지 않게 된 건 이미 오래전의 일이었다. 찾고자 한다면 얼굴에서는 어떤 흔적이든 찾아낼 수 있었다. 하지만 과학경시대회에서 최우수상을 탄 것도 아시안의 특징이 뚜렷하게 남아 있는 얼굴을 가진 여자애였다. B구역 출신. 지구에서 충분한 돈을 가지지 못했다는 뜻이었다.

지구에 내려가기 직전, 일주일가량 합숙을 하며 각종 테스트와 훈련을 받았다. 시노는 먼저 도착해 있었다. 내가 들어서자 창을 보고 있던 몸이 이쪽을 향했다. B구역 출신을 실제로 보는 건 처음이었다. 새하얀 얼굴, 오른뺨에 점

두 개, 빳빳하게 다려진 회색 생활복. 무심코 튀어나오려던 예쁘다는 말이 첫인사로는 적절치 않다는 걸 깨닫고 말을 고르던 게 뜻밖에 위아래로 훑어보는 모양새가 되었다. 그 애의 시선이 내가 입은 흰색 생활복에 잠시 머물렀다.

우리 엄마가 너네 옷을 빨아.

갑작스러운 말에서는 공격적인 기미가 묻어났지만 다 내 착각이라는 듯 웃고 있는 표정을 가늠하느라 대답할 타이밍을 놓쳤다. 공기가 어색해지려는 찰나 담당자가 들어와 우리를 서로에게 소개했다. 약간의 간격을 두고 떨어져 앉았다. 십육 일로 예정된 일정이었고, 조사원들을 따라 기지 몇 군데를 돌아다니는 동선이었다. 그는 PPT를 띄워두고 미국에서 내려 러시아, 중국, 한국을 거쳐 남극에서 다시 올라오게 될 거라고 설명하며 각 지역에 무엇이 있는지를 브리핑했다. 자꾸만 옆으로 시선이 갔다. 시노의 입가는 부드럽게 풀어져 있었지만 내 쪽으로는 두 번 다시 시선을 주지 않았다. 몇 장의 동의서와 확인서에 연이어 서명을 했다.

사람들은 시노에게 말할 때 표정과 말투가 한층 더 부드러웠다. 나도 시노도 그걸 알았다. 시노는 대체로 순종적인 얼굴로 고개를 끄덕였고 불필요한 질문은 던지지 않았다. 그러나 분위기를 살피는 듯한 명민한 눈동자와 부딪힐 때마다 나는 시노가 결코 순종적이지도, 얌전하지도 않다는 걸 알아챘다. 입가에 늘 미소를 걸고 있는 이유는 그저 그게 편리하기 때문이었다. 교육 기간 동안 시노는 뚜렷이 날을 세우지는 않았지만, 내 존재가 없는 것처럼 굴었다. 나로서는 수긍할 수 없는 적개심이었다. 촉박한 일정이어서 출발 전날에야 제대로 된 휴식이 주어졌다. 그 애는 틈만 나면 창가에 서서 지구를 내려다보곤 했다.

네 엄마가 우리 옷을 빠는 건 내 잘못이 아니야.

누가 말을 걸 줄은 몰랐는지 그 애는 무방비함을 감추지 못한 채 뒤를 돌아보았다. 늘 냉랭하던 눈동자에 미처 감추지 못한 온기가 스며 있었다. 저런 얼굴로 지구를 보고 있었던 건가. 금세 딱딱해지는 표정을 보며 나도 창밖으로 시선을 던졌다. 멀리 회색빛의 지구가 보였다. 매번 지겹도록 보는 땅이었다. 고이느냐, 흐르느냐. 지구는 내게 그런 의미였다. 진로는 진작 정했다. 졸업하면 우주탐사선을 타고 싶었다. 지구를 끌어안듯 원형의 고리로 둘러싸고 있는 거주지를 벗어나 더 먼 곳으로, 갈 수 있는 곳까지 가서 새로운 것을 발견하고 싶었다. 지구는 이미 죽은 땅. 그것도 인간들이 죽인 땅이었다. 그런 땅을 애도하듯 둥글게 둘러싸고 떠나지 못하는 이유를 알 수 없었다. 탐사원이 되기 위해 필수적으로 배워야 하는 지구의 역사만 봐도, 인간들은 늘 비슷한 행동을 반복했다. 점점 더 교묘하고 세련된 방식으로 같은 일을 저지르고 후회하고 반성했다. 섬세하게 반성한다고 저지른 일이 없게 되는 건 아닐 텐데도. 규칙도 원칙도 없이 저런 좁은 공간에 몰아넣고 살아남을 수 있는 사람만 살아남아 보라고 했으니 문제가 생길 수밖에 없는 것도 당연했다.

잘못이라고 한 적 없어. 그냥 그렇다는 거지. 그렇게 들렸으면 네가 뭔가 잘못하고 있나 보네.

그렇게 말하며 그 애는 관자놀이를 창에 기대고 몸을 비스듬히 기울여 다시 지구를 바라보았다. 저 땅에서 시작된 차별이 무관한 그녀의 삶을 내내 옭아매고 있었을 텐데, 저길 보면서 저런 표정을 지을 줄은 몰랐다. 봐서는 안 될 내밀한 것을 무심코 봐버린 듯한 기분에 얼른 다시 지구로 눈을 돌렸다. 내게는 무엇도 보여주지 않겠다는 듯, 평소와 같은 검고 의뭉스러운 행성이었다. 어쩐지 가슴이 뛰었다.

하지만 지구에 처음 발을 내디뎠을 때의 그 느낌. 그 끈적끈적한 느낌을 뭐라고 불러야 좋을까? 그 행성은 우리를 잡아당기고 있었다. 마치 늪처럼. 다시는 헤어날 수 없을 것 같은 어둡고 깊은 감각이었다. 시노는 나중에 그걸 따뜻하다고 표현했다. 그렇게 다정하게 끌어안아 주는 느낌은 처음이었어. 어쨌든 나는 몸을 똑바로 일으키기 위해 애썼다. 놓아주지 않겠다는 듯 붙드는 힘. 귀속시키고 무릎 꿇리려는 힘. 누군가는 이곳을 두고 마더랜드라고 불렀다. 나는 일종의 역겨움을 느꼈고, 이내 토했다.

구경해도 되나요?

우주선에서 내려 셔틀버스로 이동하는 동안 시노가 불쑥 물었다. 담당자는 내가 멀미약을 삼켰는지 확인하는 중이었다.

괜찮지만 살아 있는 건 어차피 아무것도 없단다.

뒤이어 내리던 조사원이 대신 대답했다. 다정했지만 성가심을 완전히 지우지는 못한 투였다. 그 말은 진실이었다. 대기는 온통 회색이었고, 매캐한 공기 때문에 시야를 확보하기 어려웠다. 이젠 얻을 것도 없는데 여기서 뭘 더 조사하겠다는 건지. 나는 우주인들의 나약함에 다시 한 번 혀를 찼다. 여전히 멀미를 하고 있다고 생각한 건지 담당자가 다시 등을 두드렸다.

그래도 궁금해서요.

센터로 곧장 들어가는 일정이긴 하지만 십오 분 정도는

괜찮을 것 같구나. 위험하니까 너무 멀리 가지는 말아라.

방호복에 가려진 시노의 표정은 보이지 않았다.

헬멧은 절대 벗지 말고. 무심코 들이마셨다가 폐를 두 번 다시 못쓰게 될 수도 있으니까. 배워서 알겠지만 여기 공기는 몹시 유독하단다.

조사원은 헬멧의 눈 부분을 톡톡 두드렸다. 여기 머무는 동안 문제가 생기면 저 사람들의 책임이었다. 지구에 머무는 동안 우리에게 자유시간은 주어지지 않을 것이었다. 헬멧 너머로 눈이 마주치는 순간 시노도 그걸 알아챘다는 것을 알았다. 실망이라도 한 것처럼, 돌아서는 시노의 어깨가 아래로 늘어졌다.

게임은 조악했다. 틀자마자 유치하고 화려한 음악과 함께 새까만 창에 흰 글씨가 점점이 흩어졌다. 아마 우주를 흉내낸 것일 테다. 우주는 지금도 확장하고 있을 테니 영틀린 상상도 아니었지만 도트로 별을 표현한 해상도는 가여울 정도로 낮았다. 이 부정확한 우주가 그들에게는 꿈이었을 거라고 생각하면 묘한 마음이 들었다. 래빗 독스라는 제목답게 정직하게도 게임은 토끼 귀가 달린 바둑이 강아지들이 우주복을 입고 지구를 떠나는 것에서부터 시작되었다. 이렇다 할 스토리 없이 우주를 유영하며 운석과 우주쓰레기와 외계인의 공격을 피해 엔딩 지점에 닿으면 클리어가 되는 단순한 게임이었다. 레벨은 달부터 화성, 목성, 토성, 천왕성, 해왕성 등으로 이루어져 있으며 중간 중간 보너스 스테이지도 마련되어 있었다. 컨트롤에는 금세 익숙해졌는데 토성을 넘어가고서부터 장애물의 난이도가 극악으로 높아졌다. 단순한 레퍼토리를 무마하려 한 거겠지만 마구잡이로 쏟아지는 우주쓰레기에 약이 올랐다. 검색을 돌려보니 웬 대학생들의 졸업 작품이었다. 본격적인 이차 철기 시대의 도입부였다. 어쩌면 창작자들은 게임이 그냥 잊히기를 바랐을지도 모르지만 그 무렵부터 지구에 발생하기 시작한 데이터들은 사라지지 않았다. 모든 인간들은 수치로 살아남았다. 검색어만 적절하게 넣는다면 고인의 삶 전체를 연대기별로 살펴볼 수도 있었다. 결제 내역, 동선, 메시지, 검색어, 모든 것은 유용한 데이터가 되었다. 한 사람의 삶도 흘리지 않겠다, 그건 자본주의적 명제에 가까웠다. 어차피 죽은 사람들이었다.

이를테면 그 게임을 만든 사람은 김용민, 박신희, 최승혜. 졸업 작품을 제출한 것은 2008년 11월 28일. 그해 11월 무렵 그들은 매일 학교 근처의 편의점에서 끼니를 때웠다. 최승혜는 천삼백 원짜리 바나나 우유를 즐겨 마셨고, 김용민은 맥주를 더 좋아했다. 박신희는 학교 근처 피시방에서 아르바이트를 했다. 더 많은 걸 알 수도 있었다. 각자의 고향, 생일, 출신 학교, 성적, 자격증의 개수와 종류, 시기별로 자주 만났던 사람, 얼굴, 지인들, 최승혜의 인스타그램에 자주 올라오던 강아지, 박신희의 토끼가 죽은 날짜와 그날 그녀가 느꼈던 감정, 첫 직장, 결혼사진, 주고받은 메시지, 건강 상태, 이직, 이사, 사망. 데이터는 방대하고 명료했다. 그들 셋과 그 중 둘의 배우자와 그들이 낳은 자식들 중 누구도 우주로 나오지 못하고 죽었다. 나는 데이터들을 연결 지으며 그들의 유령을 불러냈다. 헤엄치듯 바둥거리며 앞으로 나아가는 캐릭터. 지구로부터 출발해 하염없이 멀어지는 상상. 그들은 떠나고 싶었던 걸까. 그러면 어디까지 가고 싶었을까. 게임을 끝까지 한 건 그 때문이었다. 그러나 오랜 시간에 걸쳐 해왕성에 도달했을 때, 화면은 깜찍한 소리와 함께 온갖 빛으로 빛나더니 마치 루프를 탄 것처럼 지구로 돌아와 있었다. 황당함과 허탈함을 감출 수 없었다.

눈은 한참 전에 떴는데도 좀처럼 몸을 일으킬 수 없었다. 피곤해서 그런 건 아니었고 뭔가가 자꾸 몸을 아래로 잡아당기는 것 같은 느낌 때문이었다. 수렁에 빠진다는 게 이런 기분일까. 깊은 곳으로 내내 떨어지는 꿈을 꾸다 깼는데 컨디션이 좋을 리 없었다. 침대에서 일어나는데도 이렇게 큰 기력을 소모해야 하는 걸 보면 지구인들이 삶을 버거워 했던 것도 무리는 아니었다. 지구가 끔찍한 행성이었다는 내 생각은 점점 더 확고해지고 있었다. 그럴수록 시노가 지었던 표정의 의미가 궁금해졌다. 그 앤 무엇을 기대하고 여기에 온 걸까. 지금도 지구를 내려다볼 때와 같은 기분일까. 자꾸 생각하는 건 좋은 징조가 아니었다. 간신히 침대에서 나와 스트레칭을 했다. 연구 센터의 둥근 창밖으로 지구의 모습이 펼쳐졌다. 새까만 대기 너머로 높다란 빌딩들이 서 있었다. 이 구역의 이름은 빌딩숲이라고 했다. 바람이 불고 있다고 하는데, 움직이는 것이 아무것도 없어 직접 확인할 수는 없었다. 바람, 공기, 눈, 비. 전부 지구와 함께 죽어버렸어야 했을 단어들. 왜 죽은 글자가 아직도 삶을 끌어당기고 있는 걸까. 조금 숨이 막혔다. 막 문을 여는 순간 옆방의 문도 열렸다.

안녕.

나를 위아래로 훑는 눈길은 노골적이었다. 둘 다 일괄적으로 배부된 남색 생활복 차림이었다. 신경 쓰고 있다는 걸 알았는지 시노가 소매를 이리저리 돌려보았다. 변명하듯 다급하게 입을 열었다.

이 옷도 너네 엄마가 빨진 않았을 거 아냐.

대답은 돌아오지 않았지만 그래도 나를 보는 표정은 위에서보다는 훨씬 덜 딱딱했다. 함께 지구를 내려다보았던 그날 후로 분위기가 약간 풀린 건 기분 탓이 아니었다. 눈치를 보다 여기 온 뒤로 자꾸 악몽을 꾼다고 시답잖은 잡담을 건넸지만 시노는 나와 얘기하는 것보다 여기를 둘러보는 게 더 흥미로운 모양이었다. 복도를 두리번거리며 살피다가 창문만 나오면 걸음이 느려졌다. 멈춰선 채 눈을 가늘게 뜨고 빌딩들 사이를 훑기도 했다. 묘하게 들떠 보였다. 눈가에 서린 애틋함이나 다정함은 사람들을 볼 때는 좀처럼 드러나지 않았던 것이어서 저런 감정이 어디에서 오는 건지 알고 싶었다. 창밖엔 뿌옇게 먼지가 내려앉은 빌딩들뿐이었다. 뭘 보고 있을까. 저 눈에는 다르게 보일까. 누군가의 시선을 빌어 세상을 보는 건 내게 익숙한 방식이 아니었다. 불쑥 억울한 마음이 치밀었다. B구역 쪽으로는 한 번도 넘어가 본 적이 없어 이 애가 직접 말해주지 않는 이상 우주에서의 삶이 어땠는지 알 수 있는 방법이 없었다. 내 잘못도 아닌 일로 죄책감을 느끼고 싶지는 않앉다. 내 잘못이 아니라고 저 애에게 인정받을 필요도 없었다. 찝찝해져서 그냥 입을 다물었다. 시노는 나를 한 번 힐끔 쳐다보고 말았다.

지구식 식사는 영화에서 본 것과 똑같았다. 네모난 식판에 국과 밥, 그리고 몇 가지 반찬이 담겨 나왔다. 튜브로만 섭취해왔던 터라 식기를 사용하는 방법도, 씹는 행위도 어색했다. 내가 자꾸 음식물을 흘리는 것을 본 맞은편의 남자는 그리운 것을 떠올리는 표정으로 웃었다. 말짱하게 돌아가는 게 하나도 없어 다시 화가 치밀었다. 왜 굳이 지구식을 고집하는 걸까. 조상이 지구인이라는 걸 자꾸 상기시켜서, 스스로의 미개함을 두 눈으로 확인하고 경계하라는 의미일까. 그러나 시노는 식기를 이용해 밥을 먹는 게 재미있는 모양이었다. 서투르게 숟가락질을 하면서도 눈가에는 장난기가 묻어 있었다. 여기서 뭘 보고 느껴야 하는 건지를 저 애는 알고 있는 것 같았다. 어쩌면 저 애의 유전자 때문인지도 몰랐다. 도태된 유전자. 그들의 삶을 지구에 묶어둘 뻔했던. A구역 사람들이 아니었더라면 저들은 우주에 자리를 마련하지 못했을 것이다. 그렇다면 조금 더 고마움을 느껴야 하는 게 아닐까. 음식물로 얼룩덜룩해진 옷을 갈아입기 위해 먼저 자리에서 일어났다. 오전 일정은 식사 후 지구 환경에 대한 영상물을 보는 거였다. 담당자의 안내에 따라 우리는 복도를 걸었다.

여긴 CCTV 같은 것도 없네요?

시노가 불쑥 입을 열었다. 그런 건 또 언제 봤는지 관찰력도 좋았다.

살아남은 게 없잖니. 전력 낭비할 필요는 없지. 우리도 가끔 내려올 뿐이니까. 지구는 지금 회복기니까 시간을 충분히 줘야 해.

자료에 의하면 로켓이 이착륙하는 것도 지구 환경에 치명적이었다. 지구는 글자 그대로, 인간과 거리를 둬야 했다. 어느새 걸음을 멈춘 담당자가 문 옆에 있는 패드에 카드를 찍었다. 문은 소리 없이 열렸다. 출입은 전부 카드를 통해 하게 되어 있었다. 우리도 카드를 지급받았지만 권한이 달라 식당이나 화장실, 숙소, 자료실 정도만 열 수 있었다.

문은 카드로만 열 수 있어요?

시노가 다시 질문했다. 담당자가 질문의 의도를 알 수 없다는 듯 고개를 슬쩍 기울였다.

옛날 지구인들은 이렇게 열던데요.

시노가 뭔가 둥근 것을 잡고 당기는 시늉을 했다. 담당자가 피곤한 듯 웃었다.

그래, 확실히 거주자들은 끝까지 그런 방식을 고수하기는 했지. 그런데 우리는 그렇게까지 비효율적으로 할 필요는 없으니까. 자료실에는 수동개폐가 가능한 문이 있긴 한데 비상사태가 아니면 거기로 나갈 일은 없을 거란다. 그래도 손잡이가 궁금하면 거기서 보렴.

그러면서 담당자는 지구에서 여전히 지각변동이 계속되고 있어 만일의 사태를 대비하고 있다는 사실을 덧붙였다. 영상물은 세 시간짜리였다. 새하얀 얼굴은 색색의 빛이 아주 잠깐씩 머물렀다 사라지기 좋았다. 시선이 느껴질 법한데도 그 애는 돌아보지 않았다. 무슨 생각을 하는지 알 수 없었다. 오후 일정은 실험실이었다. 샬레에 담긴 미생물을 관찰하는 게 과제였다. 조사원 둘이 뭔가 심각한 이야기를 나누는 동안 우리는 현미경을 들여다보고 패드에 그림을 그려넣었다. 몹시 피로한 얼굴로 가끔 언성을 높여서 자꾸 그쪽으로 시선이 갔다. 저들은 지구에 오고 싶어서 온 걸까? 강등당한 건 아닐까? 저 일에 보람을 느낄까?

근데 왜 그런 걸 물어봐?

뭐가?

시노는 한쪽 눈을 찡그린 채로 렌즈에 눈을 가까이 대고 있었다.

손잡이가 있든 말든 무슨 상관인데?

시노는 대답 없이 기다란 몸통에 털을 그려 넣었다.

너네 엄마는 좋아했어?

그제야 시노가 고개를 들었다.

뭘?

지구에 내려오는 거.

상금이 많았으니까.

다시 대화가 끊겼다.

미국에서 러시아, 중국에서 다시 한국으로 이동했지만 머무른 건물이나 매일의 일과는 크게 변하지 않았다. 밖으로 나갈 수도 없는데다 펼쳐지는 풍경도 비슷해서 비행기를 타고 내리는 동안에도 국가를 이동했다는 생각은 거의 들지 않았다. 내부 구조가 크게 다를 게 없는데도 가만있는 게 심심한 건지 시노는 여기저기 잘도 돌아다녔다. 밤에도 뭘 하는 모양인지 희미하게 움직이는 소리가 길게 이어졌다. 소리가 멈추면 괜스레 귀가 쫑긋 섰다. 소리는 다시 이어질 때도 있었고 거기서 끝날 때도 있었다. 남의 잠을 방해한 주제에 다음날에 보면 피곤한 기색 없이 말짱해 약이 올랐다. 시노는 자료실도 자주 들렀다. 안 보일 때 자료실에 가면 대부분 거기에 있었다. 나를 성가셔 하는 건 알았지만 오기가 생겨 일부러 모르는 척 더 따라붙었다. 자료실은 무척 넓었고, 책이 많았다. 대부분의 자료는 패드로 곧장 볼 수 있었기에 책을 실물로 보는 건 처음이었다. A구역에서는 그랬지만 B구역에서는 어떨지 알 수 없었다. 점심을 빠르게 먹은 시노가 또 어디론가 사라져 나는 습관처럼 자료실로 향했다. 시노는 책장들로 가려진 구석 자리에 앉아 있었다. 어디서 났는지 모를 얇은 종이 한 장을 골똘히 내려다보는 표정은 전에 없이 결연했다. 나는 조심스레 뒤로 다가갔다.

책을 찢은 거야?

언뜻 보아서는 낙서 같은 선과 그림들이 그려져 있었다. 오래된 건지 약간 번진데다 아주 꼬깃꼬깃했다. 어디서 찢어낸 게 아니라는 것만은 확실했다. 시노가 종이를 소리 나게 반으로 접으며 나를 노려보았다.

왜 자꾸 사람을 따라다녀?

애인에게 받은 편지라도 되는 건가. 그래도 저렇게까지 가릴 필요는 없었다. 어차피 비밀암호처럼 알아먹을 수도 없게 생겼는데. 거기에 생각이 닿자 문득 수상해졌다. 핑계가 생긴 사람처럼 나는 시노를 유심히 살폈다. 확실히 지구에 온 뒤부터 뭔가 좀 달랐다. 뭐가 다르냐고 묻는다면 모르겠지만 분위기 같은 게 그랬다. 그걸 알아챈 스스로에 대한 낭패감이 들었다. 단 한 가지 목표가 있다면 아무 일도 없이 무사히 돌아가는 거였다.

 떠난 것은 A구역 사람들이 먼저였다. 우주 거주지 개발에 큰 투자를 했거나, 티켓을 살 수 있는 사람들이 대부분이었다. 나머지 자리는 선착순으로 채웠다. 몇몇 운 좋은 사람들이 그 자리를 차지했다. 그 무렵 지구에서는 기후 위기, 자원 고갈, 핵폭발을 포함해 각종 재해들이 연달아 발생했다. 멸종생물이 줄을 이었고 지엽적인 전쟁들이 벌어졌다. 로켓이 발사될 때마다 지구 온난화는 수치적으로 사십오 퍼센트 가량 악화되었다. 큰 책임이 있는 자들은 따로 있었지만 결과는 모두가 공평하게 짊어져야 했다. 지구를 완전히 폐허로 만든 이들이 티켓을 팔았고 먼저 지구를 떠났다. A구역과 B구역은 지어진 순서에 따라 이름이 붙은 것으로 B구역은 A구역의 인도주의적 방침을 따라 건설되었다. 수용할 수 있는 사람들은 전부 수용하고자 했던 거주자들의 노력으로 확장공사는 다급하게 이어졌고 마침내 지구에 남은 사람들이 우주로 올라올 수 있었다. 그저 운과 시기의 문제였다. 변수가 너무 많았고 문제의 소지를 최소화해야 했기 때문에 동물들까지 데려올 수는 없어서 냉동 방주에 보관된 DNA들을 챙기는 게 고작이었다. 그땐 정말 그게 최선이었다. 구역이 나뉜 건 임시였지만 딱히 오갈 일이 없다 보니 그대로 고착되었다. 차별은 없었고, 누가 대가를 요구한 적도 없었다. 무임승차랄 것도 없었지만 B구역에 머무르는 사람들이 할 수 있는 일들이 좀 더 많긴 했다. 전력을 생산하고, 밖으로 나가 자잘한 고장을 수리하고, 우주선을 보수하고, 탐사선을 만드는 일들. 시간이 흐르자 노동에는 무게중심이 생겼다. 어느새 B구역 사람들의 노동으로 거주지가 유지되고 있었다. 이젠 목숨을 지탱해줄 땅이 없었다. 할 수 있는 사람이 할 수 있는 일을 하는 것뿐이었다. 잠깐의 불편은 감수할 것. 같은 실수를 반복하지 말 것. 그리고 앞으로 나아갈 것. 이게 우리가 배우는 역사였다.

꿈에서 나는 다리가 아주 많이 달린 미생물에게 공격당하는 중이었다. 오후 내내 현미경으로 들여다본 바로 그것이었다. 피부 위로 달라붙은 미생물 때문에 나는 산채로 서서히 분해되고 있었다. 그런 줄도 모른 채로 느리고 천천한 속도로. 그게 지구에서의 죽음이라고 했다. 끼이익, 그

건 아주 가느다란 소리였지만 미생물이 입을 벌리는 것 같은 환상을 불러일으켰다. 실제로 몸의 어딘가가 벌어지는 듯한 기분을 느끼며 눈을 떴다. 기척은 옆방에서 느껴지고 있었다. 가슴이 뛰었다. 이런 일이 일어날 것을 미리 알고 있었던 사람처럼 나는 자리에서 일어났다. 슬쩍 문을 열자 멀리 새하얀 그림자가 움직이는 게 보였다. 지구에 단 하나 마음에 드는 것이 있다면 달빛이었다. 스모그 때문에 희미하기는 했지만, 거주지에서는 이런 식으로 달빛이 드리워 그림자를 만드는 일이 거의 없었다. 단순히 화장실에 가는 걸지도 몰라. 스스로를 설득할 이유를 찾지 못한 채 슬그머니 그 애의 뒤를 밟았다. 시노는 화장실을 빠른 걸음으로 지나쳐 계단을 내려갔다. 목덜미에서 단발머리가 찰랑거렸다. 밤늦게 배라도 고픈 걸까. 그러나 시노는 식당도 지나쳤다. 이 복도 너머에는 자료실밖에 없었다. 어쩌면 지구에 있는 지식을 전부 가지고 돌아가고 싶은 건지도 몰랐다. 문이 닫히기 전 재빨리 몸을 밀어 넣었다. 발소리가 컸는지 시노가 뒤를 돌아보았다. 커다란 창문으로 달빛이 쏟아졌다. 시노의 손에 들린 헬멧이 빛을 받아 반짝였다.

왜 자꾸 남의 뒤를 밟아?

이 밤에 뭐 하는 거야?

견학 후에는 보고서가 제출된다. 최대한 아무 일도 일으키지 않고 모범적으로 견학을 마치고 돌아가야 한다. 문제의 소지가 있다는 걸 목격한 이상 그냥 돌아갈 수는 없다. 나는 문제가 생기길 기다렸던 사람처럼 웅얼거렸다.

걱정 마. 이건 전적으로 내 문제니까. 문제가 생겨도 너한테 피해 갈 일은 없어. 나쁜 짓 하는 것도 아니고.

단호한 말투로 그렇게 말한 시노는 헬멧을 쓰고 손잡이가 달린 창문으로 다가갔다. 처음에는 뭘 하는 건지 이해할 수 없었지만 두어 걸음 내딛고 나서야 그 애가 창문을 열려고 한다는 것을 깨달았다.

나가려고?

그래.

이 밤에 몰래? 이게 나쁜 짓이 아니면 뭔데?

산책. 참견 말고 가서 늘어져서 잠이나 자. 너네가 잘하는 거잖아?

있는 힘껏 당기는 건지 시노의 목소리에 힘이 들어갔다. 나도 모르게 자료실 내부를 훑었다. 입구 근처 캐비닛에 방호복과 헬멧이 들어 있었다. 산소통은 없었지만 헬멧을 쓰면 무방비로 노출되는 것보단 나을지도 몰랐다. 막 헬멧을 쓰는 순간 이상한 소리와 함께 창문이 열렸다. 예상치 못했는지 시노의 몸이 비틀거렸다. 처음 맡아보는 아주 이상한 냄새와 함께 차가운 공기가 밀려들었다. 헬멧은 생각보다도 쓸모가 없는 듯 눈가가 화끈거리며 기침이 터졌다. 시노는 창문으로 몸을 내밀었다. 또다시 억울함이 밀려왔다.

봤는데 어떻게 모른 척해?

나에겐 해야 할 일이 있어.

여기서 해야 할 일이 대체 뭔데?

그러나 이번에도 돌아오는 대답은 없었다. 저 밖으로 나가 해야 할 일이라는 게 대체 뭘까? B구역에는 난폭한 사람들이 많다고 들었다. 개중에는 지구를 폭파시키려는 과격파도 있다고 했다. 그 사람들이 무슨 생각을 하며 사는지 저 애의 눈에 비치는 지구가 어떤지 나는 알 수 없었다. 저 애가 테러리스트일 수도 있을까? 내가 이 애를 막으면 가산점을 얻을까? 신고를 하면 저 애는 어떻게 될까? 혹시 죽으려고 온 건 아닐까? 그렇다면 왜 하필 지구에서? 탐사원은 아주 좋은 체력을 요구하는 직업이었다. 내 폐가 입은 손상은 치명적일지도 몰랐다. 한시라도 빨리 치료를 받으면 큰 문제는 없을 수도 있었다. 목구멍으로 쓴맛이 느껴졌다. 피부에 닿는 공기가 서늘했다. 그때 시노의 몸이 창문 너머로 사라졌다. 슬쩍 열린 창으로 숨죽인 기침 소리가 들려왔다. 무심코 창문 너머로 몸을 던졌다. 틈에 끼워 넣으려던 듯 돌을 줍던 시노가 당황한 기색으로 멈춰 섰다. 독한 공기 때문에 눈에서 눈물이 줄줄 흘러나오는 순간에도 나는 그 애의 표정이나 몸짓을 볼 수 있었다.

나쁜 짓인지 아닌지는 내가 판단할 거야.

충동적인 말이었다. 침묵이 흘렀다.

네 일도 아닌데 따라와서 뭐하게.

날 돌려보내면 네가 나왔다는 사실을 알릴 거야.

빌딩 사이로 부는 바람 소리가 유독 크게 들려왔다. 도시를 거대한 울음이 감싸고 있었다. 시간이 흘렀다. 결연함을 느낀 건지 희미하게 한숨을 쉰 그 애는 몸을 틀며 주머니를 뒤적였다. 네모나게 접혀 있는, 꼬깃한 종이가 나왔다. 알고 있는 종이었다. 잘 보이지는 않았지만 새까만 펜으로 눌러 그린 빼뚤한 선들이 복잡하게 얽혀 있었다. 군데군데 알아볼 수 없는 그림들은 기호 같았다. 뭔가를 찾는 것처럼 종이와 길을 번갈아 쳐다보는 걸 보면 지도인지도 몰랐다.

그건 누가 그린 거야?

내 조상.

드디어 시노가 방향을 잡았다. 지도가 맞는 모양이었다.

여전히 옳은 것인지 확신할 수 없으면서도 나는 그 애를 따라 얌전히 걸음을 뗐다. 우리는 한참을 말없이 걸었다.

저 건물은 예전에 초등학교였어.

시노의 손가락이 눈앞의 커다란 건물을 가리켰다.

네가 어떻게 알아?

내 조상이 선생님이었거든.

이어지는 풍경들은 단조로웠다. 썩는 것조차 끝난 땅이었다. 뿌연 공기 속에서 건물들은 다 그게 그것인 것처럼 보였다. 건물들은 지나치게 높았다. 너무 많은 구획들로 나뉘어져 있어 조금만 잘못해도 길을 잃을지도 몰랐다. 유리창 안쪽은 어두워 아무것도 보이지 않았다. 살아남은 사람이 없다는 것을 알면서도 누군가 내려다보고 있는 듯한 기분이 들었다. 아니지. 지구인들은 데이터의 형태로 살아 있었다. 죽었다고 치부하기엔 그 정보들은 너무 선명했다. 뒤늦게 떠오른 사실이 섬뜩해 나는 시노의 뒤로 바짝 붙었다. 잠이 깬 지 오래였다. 어느새 내 걸음걸이가 제법 자연스러워졌다는 것이 느껴졌다. 내내 질척거리던 중력이 감각되지 않고 있었다. 내가 여기에 속해 있다는 증거 같아서 기분이 나빠졌다. 인류는 언제나 미래를 생각해왔다. 그리고 나는 미래의 인간. 언젠가 더 먼 우주를 향해 가야 했다. 한 번도 경험해본 적 없는 이것이 자연스러워서는 안 되었다. 내 시선을 따라 어둠을 빨아들일 듯 새까만 창을 흘끔거리던 시노가 불쑥 입을 열었다.

여길 그리워하는 사람이 많아.

삭막한 주변을 둘러보았다. 여길, 어떻게, 왜? 그것도 도태의 증거일까? 저 애가 듣고 자랐을 이야기가 궁금해졌다. 어리둥절한 내 표정을 보고 시노가 고개를 저었다.

지구의 마지막에 대해서 들은 적 있어?

역사 시간에 배운 만큼만.

여기 남은 사람들에 대해 생각해봤어?

대답이 궁해지는 질문이었다. 주제가 좋지 않았다. 길은 너무 조용하고 으스스했다. 여기서 내 잘못도 아닌 일로 싸우고 싶지 않았다.

그래, 너에겐 이 모든 게 벌어진 적 없는 일이겠지. 전해질 필요도 없는 일이겠지. 너넨 앞만 보고 가면 되니까.

그러나 시노는 내 침묵을 다르게 받아들인 모양이었다. 나를 몰아붙이는 걸 즐거워하는 애 옆에서 뭘 하는 걸까. 이제라도 돌아가는 게 맞을까. 그러나 이제 보니 시노의 몸도 약간 떨리고 있었다. 긴장 때문인지 추위 때문인지 두려움 때문인지 알 수 없었다. 나는 마지못해 시노에게 조금 더 몸을 붙였다.

그런데 정말 어디 가는 거야?

유언을 지키러.

바람을 따라 모래끼리 부딪히는 소리 때문에 목소리는 어쩐지 조금 멀리서 들려오는 것처럼 느껴졌다.

유언?

그래. 내 조상은 지구에서 죽고 싶어 했거든.

그런데 왜……

조상이 처음 지구를 떠났을 땐, 죽기 전엔 돌아올 수 있을 줄 알았대. 잠깐 인간이 떠나 있으면 지구가 괜찮아질 거라고 믿었던 거지. 잠깐만 헤어져 있으면 괜찮을 줄 알았던 거야.

헤어져?

또 다른 조상은 여기에 남아야 했거든.

내가 아는 것과는 먼 이야기였다. 구할 수 있는 만큼은 구했다고 들었으니까. 섣불리 말해도 되는 건지 알 수 없었다. 침묵 속에서 의문을 읽어낸 건지 시노의 목소리가 이어졌다.

B구역에 충분한 자리가 없었으니까. 한 가족에서 한 명. 그게 고작이었지.

시노는 눈을 가느스름하게 뜨고 도로와 지도를 번갈아 살피며 달빛에 비치는 간판들을 유심히 읽었다. 찾는 게 없는 모양이었다. 초조해질 무렵 시노가 아, 하고 감탄사를 흘리며 다시 움직였다.

조상은 여기 남고 싶었지만 방법이 없었어. 뱃속에 아이가 있었거든. 죽을 걸 알면서 그냥 낳을 수는 없잖아.

하지만 그건 너무……

A구역 사람들이 자비를 베푼 덕분에 B구역에 자리가 생겼다는 것을 모두가 다 알고 있었지. 감사해야 할 일이었어.

무슨 말을 해야 할지 알 수 없어서 나는 종이로 시선을 떨구었다. 지도는 생각했던 것보다 상세해 보였다. 매일매일 다녀본 길을 그저 옮겨 그린 것처럼. 작은 부분도 절대로 놓칠 수 없다는 것처럼. 저 한 장을 쥐고 무턱대고 여기로 나온 저 애의 용기가 대단해 보였다.

그래서 지도를 그린 거구나.

시노가 고개를 끄덕였다.

이건 뭐야?

뭔가 안테나 같은 게 그려져 있었다.

가능하면 매일 연락하기로 했대. 결국 신호가 닿지는 않았던 것 같지만. 그래서 대신 지도를 그린 거야. 죽기 전까지 똑같은 지도를. 매일매일 돌아가는 길을 더듬으면서.

 침묵이 흘렀다. 높다란 건물은 끝이 없었다. 칸칸마다 고여 있을 어둠과 정적을 생각하자 갑자기 숨이 가빠지는 기분이었다. 저 애는 날 버리고 갈 거다. 나는 홀로 지구에 남겨질 거다. 아무것도 없이. 숨이 목에 걸렸다. 공기 때문에 폐가 망가졌기 때문인지도 몰랐다. 순간적으로 머리가 아찔해졌다. 심호흡을 하기 위해 애쓰는 순간 강한 힘으로 손목이 잡혔다. 성가시다는 표정으로 시노가 나를 쳐다보고 있었다. 당기는 힘에는 배려가 없었지만 그 애는 내 손을 놓지는 않았다.

 우스꽝스러운 캐릭터는 여전히 화면에 뜬 채로 분주하게 움직이고 있다. 보기에 따라 토끼 같기도 하고 강아지 같기도 한 그것은 움직임도 비슷해서 헤엄치는 듯도, 달려가는 듯도 보인다. 해왕성에 닿으면 화면이 빛난다. 그리고 다시 지구. 그 애가 생각날 때마다 의미도 없는 뻔한 게임을 나는 하고 하고 또 했다.

 우주로 돌아온 뒤, 우리는 다시는 만나지 못했다. 구역이 다른 탓이었다. 딱 한 번, 탐사선을 타기 직전 B구역과 연결되는 통로에 간 적은 있었다. 들어가지는 못하고 문 앞에서

서성거렸다. 그 앞에 서고 나서야 그 애의 엄마가 빤 옷을 입고 그 애를 만나러 왔다는 게 생각났기 때문이었다. 가서 뭘 하려고? 사과를? 변명을? 무엇을? 기억을 망치고 싶지는 않았다. 정찰로봇 두 대가 내 옆을 스쳐 지나갔다. B구역은 우범지대였다. 허구한 날 시비가 붙어 중상을 입거나 죽어나가는 사람도 한둘이 아니라고 했다. 식량이 충분하지 않기 때문이었다. 식량이 충분하지 않기는 A구역도 마찬가지였다. 무언가가 자랄 땅이 없기 때문에, 매일매일 세포배양을 해서 만든 음식들을 먹을 수밖에 없기 때문이었다. 세포분열 속도에는 한계가 있었고, 인간들은 매일 세끼를 먹었다. 분배가 쉽지만은 않았다. 거주가 가능한 행성을 찾는 게 시급한 이유는 그 때문이었다. 식량이 정말 부족해지면. 상상하고 싶지 않은 가정이었다. 최선. 구할 수 있는 사람들은 전부 구했다. 그게 내가 배워온 역사였다. 그런데 왜 자꾸 뭔가를 빚진 기분이 드는 건지 알 수 없었다. 알려지지 않은 이야기. 알려주지 않은 이야기. 문 앞에 선 채 그 애에게 할 말을 오래 곱씹었다. 나는 곧 떠날 거야. 나는 자주 그때 생각을 해. 하지만 그런 말을 할 만큼 우리 사이에 뭔가가 있었던 것도 아니었다. 왜 여기까지 온 건지 모르겠다고 생각하면서, 나는 안으로 들어가지는 않고 오가는 사람들을 가만히 쳐다보고 있었다. 저 어딘가의 방 안에 시노가 앉아 있을 터였다. 내던져질 것만 같은 어둠 안에. 없을지도 몰랐다. 걔는 과학을 잘했으니까. 나중에 의사가 되고 싶다고 했으니까. 안쪽 복도에서 소리가 울리고 있었다. 웃음소리인지 비명인지 알 수 없었다. 소리가 왕왕거리며 귓가를 울렸다. 나는 잠시 거기 서 있다가, 돌아 나왔다. 그리고 곧, 우주 가장 바깥으로 향하는 우주선에 올랐다.

너무 무섭다고 느껴질 때마다 우리는 툭툭 맥락 없는 대화를 주고받았다. 도로 위는 악몽 같았다. 길 곳곳에는 조금도 썩지 않은 플라스틱들이 뒹굴고 있었다. 가장 강한 것이 살아남는다. 플라스틱은 조금도 썩지 않는다. 가장 강한 것은 플라스틱이다. 도구의 방식대로 사유하게 된다고 말한 게 누구였더라. 어쩌면 플라스틱은 인간을 사용하는 방법을 알아낸 것이다. 썩어가는 몸. 이 순간엔 우리가 유일했다. 뱃속 어딘가가 빠듯해졌다.

두 시간은 족히 흐른 것 같았다. 공기는 점점 더 묵직해졌다. 헬멧 안으로 습기가 찼다. 온몸이 무거웠고, 목에는 자꾸 가래가 끼었다. 눈에 띄는 건물들은 기억해두려 했지만 어느 순간부터 들어오는 풍경이 다 비슷해 보였다. 시노는 태연한 척 걷고 있었지만 멈춰서는 횟수나 지도를 내려다보는 횟수가 잦아졌다. 기분 탓인지 왔던 곳을 계속 돌고 있는 듯했다. 온도가 내려간 건지, 자꾸 몸이 떨렸다. 어느새 골짜기라고 부를만한 곳으로 들어와 있었다. 지도에는 없는 곳이었다.

여기 맞아?

결국 입을 열고 말았다.

못 믿겠으면 그냥 가. 굳이 의리 지킬 필요 없어.

신경질적인 목소리에 대답하지 않자 시노는 쐐기를 박듯 덧붙였다.

어차피 돌아가면 다시 만날 일도 없잖아.

시노가 하늘 위로 턱짓을 했다. 위에서는 지금보다 더 느리게 시간이 흐르고 있을 터였다. 같이 있는 지금이 우리의 미래였다. 그 생각을 하자 마음이 애틋해졌.

여기선 같이 있잖아. 그리고 무서워서 혼자 못 가.

그제야 시노가 걸음을 멈추고 주변을 둘러보았다. 내내 빌딩 사이를 휘돌던 음울한 바람 소리가 사라진 지 오래였다. 갑작스러운 고요를 인식하며 우리는 조금 더 걸어보았다. 사방이 쓰레기였다.

혹시 여기, 쓰레기장인가?

지구에서 목격한 모든 것이 쓰레기였지만, 지금 눈에 보이는 것들은 달랐다. 양옆으로 늘어선 거대한 더미는 진짜 쓰레기 산이었다. 자세히 보니 임시거처로 보이는 천막도 곳곳에 세워져 있었다. 사람 살 곳은 아닌 것 같았는데, 사람이 산 흔적이었다. 마지막 순간의 지구. 지금은 상상하고 싶지 않은 광경이었다. 발밑으로 녹슨 못과 계기판 같은 것들이 굴러다녔다. 압도적인 쓰레기로 남은 삶의 흔적들을 둘러보는데 갑자기 시노가 자리에 멈춰 섰다. 하도 거칠게 숨을 쉬어서 어깨가 들썩였다.

모르겠어.

내내 단단하던 시노의 목소리가 허물어졌다.

응?

길을 잃은 것 같아.

시노가 마침내 인정하며 자리에 주저앉았다. 목소리에 울음기가 섞였다. 나는 허공에 뿌리쳐진 손을 뻗어 시노가 쥐고 있던 종이를 다시 펼쳤다. 군데군데 그려진 암호 같은 그림들은 지나쳐왔던 몇 개의 특징적인 건물들을 가리키는 것 같긴 했지만, 너무 간단하고 명료했다. 꺼내 말할 수는 없었지만 이제 보니 너무 장난 같았다. 종이 하나로 길을 찾기에는 생각했던 것보다 지구가 지나치게 컸다. 애초에 지도가 가리키고 있는 곳이 이곳인지도 알 수 없었다.

나한테 이런 걸 어떻게 하라고, 이런 큰일을!

시노가 소리를 지르자 메아리가 울렸다.

진정해. 다시 찾아가보자.

그럴 시간이 어딨어? 지도도 엉터린데!

확실히 아까보다는 달이 기울었다. 길을 잃은 걸 인정하는 것과는 별개로 이런 그림에 의지해 뭔가를 찾는 게 무리라는 걸 시노도 모를 리 없었다. 시노는 무릎에 이마를 박고 한참을 앉아 있었다. 머릿속에선 훨씬 간단했는데, 수도 없이 해봤는데, 훌쩍거리며 중얼거리는 말은 자꾸 끝이 뭉개져 제대로 알아들을 수 없었다. 이렇게 되면 정말 산책밖에 되지 않은 거였다. 그제야 우리가 여기까지 온 게 얼마나 무모하고 터무니없는 짓이었는지 실감이 났다. 얼마나 시간이 지났을까 훌쩍임이 느리게 잦아들었다. 그 뒤로도 한참이 지나고 나서야 시노는 마침내 몸을 일으켰다. 할 말을 찾지 못해 나는 그냥 보고만 있었다. 시노가 주머니를 뒤적여 성냥갑만 한 상자를 꺼냈다. 거주지용 유골함이었다.

나는 최선을 다했어.

나는 진심을 담아 고개를 끄덕였다.

이게 네 조상이야?

그래. 대체 지구가 어떤 곳이기에 이런 지도까지 수백 장을 그려가면서 터무니없는 유언을 남기는지 궁금했는데.

담담한 목소리였다. 그래서 와보니 알 것 같느냐고 묻지는 못했다. 시노는 천천히 유골함의 뚜껑을 열었다. 재 같은 것이 쏟아져 순식간에 바람에 흩날렸다. 나도 모르게 손을 뻗어 시노의 손을 잡았다. 나와 같은 체온이었다. 묵념 같은 침묵이 흘렀다. 그때 마주잡은 손 위로 검은 무언가가 나풀거리며 떨어졌다. 차갑고 축축한 그것은 순식간에 검은 물이 되었다. 그리고 둘, 셋. 마치 재가 날리는 것처럼 하늘에서 새까만 눈이 펑펑 쏟아지기 시작했다. 마치 눈이 소리를 빨아들인 것처럼, 사위는 한층 적막했다. 갑작스럽게 시작된 눈은 그칠 생각이 없는 듯했다. 쓰레기 더미 위에도 조금씩 쌓이기 시작했다. 너무 새까매서 무서울 정도였지만 우리는 처음부터 그게 목적이었던 것처럼 가만히 서서 눈을 맞았다. 어깨로 검은 얼룩이 피처럼 번졌다. 내 손을 붙든 힘이 강해졌다. 그 순간 내가 시노와 같은 것을 보고 있다는 것을 알았다.

B구역의 창문은,

시노가 문득 정적을 깼다. 나는 고개를 돌렸다.

반대쪽에 있어.

응?

우리는 지구를 볼 수 없어.

한 번도 B구역의 창문에 대해서는 상상해본 적이 없었다.

영원히 어둠 속으로 내던져질 것 같은 기분을 너는 모르겠지.

신발 위에서 녹은 눈이 새까맣게 흘러내렸다. 발밑으로 어둠이 고였다. 그 순간 발아래서 무언가가 반짝였다. 시디였다. 투명 케이스에 들어 있는 그것은 멸망과 무관한 듯 파란빛을 뿜었다. 무심코 그것을 집어 들었다.

……그래, 기념품 하나쯤 챙기는 것도 나쁘지 않을지 모르지.

가져가도 될까?

네 맘대로 해. 내 할 일은 다 했어.

시노는 홀가분한 얼굴이었다. 우리는 잠시 더 눈을 맞다가 왔던 길을 되짚어 걸었다. 길을 잃었다고 생각했는데 돌아오는 시간은 생각보다 덜 걸렸다. 불안해서 눈도장을 찍어두었던 건물들이 도움이 되었고, 생각보다 멀리 나오지도 않았다. 어둠이 가신 도로는 음울한 회색빛이었다. 돌아오면서 보니 시노가 초등학교라고 했던 건물은 교회였다. 연구소에 도착한 뒤 시노는 종이를 잘게 찢었다. 바람은 아까처럼 종이마저 금세 쓸어가버렸다. 나란한 발자국 위로 다시 검은 눈이 쌓이고 있었다.

창 사이에 끼워진 돌은 그대로였다. 내가 시노를 밀어 올렸고, 먼저 들어간 시노가 내 팔을 잡아당겼다. 창가에 얼룩이 남았다. 헬멧을 옷자락으로 닦아보았지만 이미 옷도 새까매져 그다지 효과가 있지는 않았다. 신발은 바로 벗었다. 리놀륨 바닥은 얼음장처럼 차가웠다. 우리는 소리를 내지 않고 발자국도 남기지 않고 방으로 돌아왔다. 대기질이 어찌나 안 좋았던지 샤워를 세 번이나 했는데도 검은 물이 나왔다. 세탁물로 내놓을 수는 없었으므로 옷도 다섯 번은 빨았다. 그제야 침대에 누워 동그란 시디를 앞뒤로 뒤집어보았다. 지구의 기념품이라고 가져가기에 그다지 좋은 물건은 아닌지도 몰랐다. 그걸 기념품이라고 불러도 적절한 건지도 알 수 없었다. 안에 뭐가 들어 있는지도 알 수 없었다. 나는 무지개색으로 반짝이는 시디의 안쪽 면을 노려보았다. 옆방에서는 아무런 소리도 들려오지 않았다. 흘끔 창밖을 보니 눈은 어느새 전부 녹아내리고 없었다.

다음날 우리는 식당에서 마주쳤다. 시노는 눈이 조금 부어 있었다. 잘 잤냐고 묻자 고개를 끄덕이며 내 시선을 외면했다. 어제의 일은 기억이 나지 않는다는 태도였다. 모든 것이 실수였다고 말하는 것 같았다. 밤새 함께 있었다는 것을 증명해줄 일은 아무것도 없었다. 우리가 동시에 가래 섞인 기침을 내뱉자 담당자가 의아하다는 듯 쳐다보았을 뿐이었다. 남은 시간에는 얌전하게 교육을 들었고, 캡슐차를 타고 도시를 한 바퀴 둘러보았다. 쓰레기 산 따위는 없는 곳이었고, 밖으로 나가지는 못했다. 처음 지구에 내렸을 때와 달리 시노의 눈빛은 차분해 보였다. 눈길이 닿는 곳을 한 박자씩 늦게 따라갔지만 시노가 뭘 본 건지는 알 수 없었다. 일정은 금세 끝났다. 돌아오자마자 3D 프린터로 시디를 플레이할 수 있는 기기를 만들어냈다. 지구의 물건이었으므로 설계도는 이미 저장되어 있었다. 이런 거나 만드니까 그런 최후를 맞이하게 되는 거라고 생각하게 만드는 게임이었다. 그럼에도 불구하고 나는 그것을 그냥 버릴 수 없었다. 해왕성에 도달하고 다음 맵이 없다는 것을 알았을 때 나도 모르게 조금 울고 말았다.

그리고 나는 지금, 더 먼 우주를 향해 가고 있다. 먼 옛날 인간들이 상상할 수 있는 가장 먼 곳이었던 게임을 가지고. 나의 미션은 하나. 우리가 살 수 있는 새로운 공간을 찾아내는 것이다. 오래전부터 바라던 일이었는데 어째서 쫓겨 나는 기분이 드는 건지는 알 수 없다. 책임이라는 말은 너무 무겁고 그저, 내가 할 수 있는 일을 해야 했다. 모든 게 너무 당연해지기 전에. 뭐라도 다시 시작할 수 있게. 그냥 사라지지는 않게. 그게 정말 최선이지는 않게. 뭐라도, 이어질 수 있게. 지구가 망해가는 순간에도 게임이나 만들고 있었을 사람들의 한심한 얼굴과, 생각해낼 수 있었던 최선의 외계인의 모습을 떠올린다. 고작해야 토끼와 강아지.

멀리서 별이 쏟아져 내린다. 어둠을 가로질러 사라지는 그것은 언젠가의 눈을 닮았다. 도망치고 싶으면서도, 그리운 장면. 우리는 다시 만난 적은 없다. 그러나 그 애는 줄곧 지구의 반대편을 보고 있었다. 그러니까, 내가 가고 있는 방향. 네 시선이 내 등에 닿아 있다고 생각하면, 어쩐지 누군가 등을 끌어안고 있는 듯한 기분이 든다. 중력이었다.

| 평론

종말 이후에도 사라지지 않는 것

이성혁

문학평론가

 근래 한국 문학계는 미시적 상상력이 발휘되는 소설 작품들이 성행했고 주목받아왔다. 특히 젠더를 둘러싼 권력에 대한 소설적 탐구가 이루어져 왔는데, 이는 여성 운동의 약진과 관련이 있었다. 미시적 상상력이 보여준 한국 사회 내의 가부장적 권력에 대한 섬세한 탐구와 비판, 나아가 이성애를 바탕으로 세워진 가족을 넘어선 새로운 관계의 모색 등은 주목할 만한 것이었다. 하지만 미시적 상상력은 다소 답답해진 국면에 도달해 있다는 느낌이다. 특히 2020년에 닥친 팬데믹 상황은 인류의 삶의 양상을 전반적으로 변화시킨 이후에는 그러한 느낌이 더 커졌다. 2020년의 팬데믹 이후 인류 문명 자체의 존속이나 정당성에 대한 문제가 더욱 현실감 있게 다가오기 시작했기 때문이다. '코로나19' 이후 인류는 전보다 더욱 거시적인 시야에서 자기 자신의 문제를 돌아보게 된 것이다.

전 세계로 번진 전염병의 창궐은 영화에나 나올 수 있는 미래 상황이 현실이 될 수 있음을 보여주었다. 그래서 영화가 전개해온 인류의 종말 시나리오나 전염병으로 인류의 대다수가 좀비가 된다는 설정 등에 대해 사람들은 이제 결코 웃어넘길 수만은 없게 되었다. 현재 나타나고 있는 전 세계적 폭염도 머지않아 인류 문명에 닥쳐올 위기의 징조라고 생각하는 사람이 많다. 적지 않은 사람들이 지구에 닥칠 기후 위기를 경고했으나 대다수의 사람들은 그 경고를 한쪽 귀로 흘려들었던 것이 사실이다. 하지만 펜데믹을 겪고 난 현재, 많은 이들이 기후 위기에 대한 경고를 단순한 기후라고 여기지 않는다. 그래서 SF 영화나 문학은 더욱 절절하고 적실한 현실성을 가지고 우리에게 다가오고 있으며 인류 문명의 전반적인 문제를 포착하고 가능한 미래-유토피아든 디스토피아든-를 선취하여 제시해주는 장르가 되고 있다.

한국 문학계에서도 SF 문학의 상상력을 끌어들여 우리 사회와 삶을 거시적인 시야에서 조망하는 소설들이 다수 등장하면서 주목받기 시작한 듯하다. 예전에도 장르 문학적인 상상력이 한국의 (순수?)문학계에 수용되긴 했다. 특히 2000년대 들어 종말론적 상상력을 바탕으로 한 소설들이 한국 문학계에 다수 등장하기도 했다. 그러나 이 양상이 장르 문학을 차용하는 정도였다면, 현재에는 장르 문학적 상상력이 한국 문학계를 이끌 정도로 적극적인 역할을 하고 있다고 판단된다. 이 작은 책에 실린 조시현의 두 작품도 장르 문학의 상상력을 소설에 적극적으로 유입하면서 우리의 현재 삶을 거시적인 시야에서 다시 생각하게 만드는 소설이다. 두 작품이 보여주는 서사적 상황은 장르 영화의 관객에게 익숙한 면이 있다. 「비부패세계」는 사람들이 좀비로 되어간다는 상황을 설정하고 있으며, 「래빗 독스」는 지구 종말 이후를 배경으로 전개된다. 하지만 이 소설들은 독자에게 익숙한 그러한 서사적 상황을 비튼다.

「비부패세계」에 등장하는 좀비들을 보자. 그들은 좀비에 대한 선입관을 깨트린다. 영화를 통해 우리에게 익숙한 그런 좀비가 아니다. 산 사람들을 물어뜯어 바이러스를 전염시키는 그런 무시무시한 좀비가 아니라 그저 몽유병자처럼 돌아다니기만 하는 좀비다. "인간이 아니라고 여겨질 만큼의 평화로운 얼굴"을 한 좀비. 이 좀비는 아무에게도 해를 끼치지 않고 "그저 돌아다닐 뿐"인 존재다. 이런 '평화로운'(?) 좀비가 느닷없이 등장하여 "인류의 삼 분의 일"이 그러한 좀비가 되어버린 것인데, 이러한 전염병이 돌기 시작한 것은 "평생 노출되어온 방부제와 화학물질이 원인"이 되어 시체가 썩지 않으면서였다. 썩지 않은 시체가 좀비로 살아 돌아오면서, 그 좀비가 배출하는 '방사능과 화학물질'에 살아 있는 사람들이 감염되어 그들 역시 좀비로 변하게 되었다는 것이다. 잘 감염되는 사람은 화자의 언니처럼 "낯선 이들에게 상냥"하고 과로로 지쳐 곧잘

조는 사람들이다. 감염은 일정 시간 좀비 옆에 있을 때 일어난다. 멍해 보이는 좀비 옆에서 졸거나 그들에게 친절하게 대하는 사람들이 감염된다. 한마디로 장시간 과로하여 피곤에 찌들어야 하는 가난하고 선량한 사람들이 좀비가 되기 쉽다. 그리고 그러한 사람의 전형인 화자의 언니 역시 좀비가 되는 것을 피하지 못한다.

'언니'가 좀비가 되어 1년 가까이 화자와 같이 사는 집에 돌아오지 않고 있어도 화자는 예전의 삶을 계속해나가야 한다. 인류의 삼 분의 일이 좀비가 되어버렸어도 일상은 예전처럼 돌아가는 것이다.「비부패세계」가 보여주는 상황은 이번 '코로나19' 이후 사람들은 감염되지 않으려고 노력하면서 일상을 예전처럼 살아나가야 하는 우리 사회의 현 상황과 유사하다. 일상은 여전히 노동자에게 가혹하다. 언니가 실종된 지 1년 가까이 지났을 때 좀비가 되어 집에 돌아온 직후, 화자는 회사에 조퇴를 요청했지만, 상사로부터 한창 바쁠 때 좀비 때문에 조퇴를 하냐는 싸늘한 눈초리를 받아야 했다. 이웃의 경계심은 더 심해졌다. '좀비 언니'를 방 안에 들여놓은 것을 안 옆집 아줌마는 "집에 애기가 둘이나 있"다며 언니의 퇴거를 요구한다. 직장 상사나 옆집 아줌마는 '언니'가 사람이었다는 사실을 무시한다. 이들은 '언니 좀비'를 이제 세상에서 무시되어도 좋은 존재로 취급하며, 타인을 감염시킬 위험이 있으니 사회에서 배제해야 한다고 생각한다. 언니에 대한 애정을 여전히 갖고 있는 화자도 일상을 벗어날 수 없다. 그 역시 언니를 무시해야만 했다. 근 1년 만에 돌아온 언니를 만났어도 지각하지 않기 위해 언니를 방 안으로 밀어내고 곧바로 출근해야 했던 것이다.

 '코로나19' 이후 '확진자'에 대한 우리 사회의 태도도 정확히 이러하다. 이 소설 속에서나 실제 현실이나 팬데믹으로 세상이 뒤집힌 것 같은데도 사회는 기존의 삶의 방식을 그대로 유지하고 있다. 이를 볼 때 소설 제목인 '비부패세계'란 시체가 썩지 않고 좀비가 된다는 상황만을 가리키는 것이 아니라는 것을 알 수 있다. 이 세계 시스템 자체도 플라스틱이나 좀비처럼 썩지 않고 그대로 존재한다. 그대로 존속하기 위해 존속하는 사회가 우리가 사는 사회다. 사실 이 소설에서 사람들이 좀비가 된 것은 인류가 너무 많이 사용한 방부제와 화학물질 문제만이 아니라 사회 자체가 좀비처럼 존재하게 되었기 때문이기도 하다. 변화도 없고 죽음도 없는 사회. 쳇바퀴를 영원히 굴려야만 할 것 같은 과로만이 있는 사회. 소설에서 선량하고 성실한 사람들이 좀비가 되어간 것은, 좀비와 같은 사회에서 스스로 좀비가 됨으로써 과로와 불안에서 벗어나 삶의 평화를 되찾기 위해서인지도 모른다. 화자도 이를 직감하고 있다. 화자는 좀비가 되어 돌아온 언니에게 "일부러 그런 건 아니지?"라고 "빠르게, 속삭이듯" 질문하는 것을 보면 말이다. 사실 화자와 '언니'는 지구 멸망에 대한 상상을 좋아했다고 한다.

지구멸망이라는 단어는 우리를 들뜨게 했다. 나와 언니는 그런 상상을 좋아했다. 끝장나는 얘기들. 세계가 끝장나야만 하는 이유는 손에 꼽지 못할 정도로 많았다. 언니는 몇 번이나 시험을 망친 뒤 얌전히 학원에 취직했다. 일상의 크고 작은 불행은 우리의 잘못이었고, 잘못을 고치기 위해 안간힘을 쓰는 대신 세계가 알아서 끝나주기를 바라는 편이 훨씬 가망 있었다.

화자와 언니는 세계가 끝장날 만하다고 생각해왔다. 일상의 삶은 불행만을 남겨주었기 때문이리라. 하지만 이 자매는 불행을 양산하는 이 세계를 그 자신들이 유지시킨다는 것을 알고 있다. "일상의 크고 작은 불행은 우리의 잘못이었"음을 말이다. 하지만 세계의 잘못을 고칠 '안간힘'이 더 이상 없기 때문에 "세계가 알아서 끝나주기를 바"랐다는 것이다. 그런데 정말 인류의 삼 분의 일이 좀비가 되는 사태가 벌어지면서 세계의 종말이 가까이 다가왔다. 하지만 그 평온한 좀비들로 인한 세계의 종말은 "느리고, 지루하고, 위험하지도 않"은, 자매에게는 실망스러운 종말이었다. 이러한 종말은 플라스틱처럼 있는 그대로인 채 세계가 소멸하고 있는 것과 다름없다. 달리 말하면 세계는 지금 그대로 존재하는 것이 이미 종말과 다름없는 상태에 다

다른 것이라고도 할 수 있다. 이 '비부패세계'는 이미 세계의 종말에 다다른 상태와 마찬가지지만 세계가 이 상태를 인지하지 못해왔던 것인데, 이 상태를 유지해온 노동자들이 '비부패 좀비'가 됨으로써 그 종말을 가시화한 것이다. 저 좀비의 등장으로 가시화된 세계의 종말이 밋밋하게 느껴지는 것은, 그 등장에도 불구하고 '비부패세계'는 여전하기 때문이다. 다만 노동자의 노동으로 이 의미 없는 세계는 계속 돌아가고는 있지만, 결국에는 노동이 더 이상 작동하지 않을 때 전지가 다 된 시계처럼 정지할 것이다. 그리고 이때 세계는 정말 멸망할 테다.

언니는 이 종말 상태와 같은 세계가 정말 종말을 고한 후 화자와 함께 둘만 남아 영원히 함께 있는 것을 상상했다. '스노 글로브'의 "투명한 유리 돔 안에 손을 잡고 나란히 서 있"는 자매처럼 둘이 "영원히 보존될 세계"를 꿈꾸었던 것이다. 하지만 언니를 잃어버린 화자는 이와는 달리 돔 안의 자매 앞에 타고 있는 모닥불을 생각한다. "영원히 보존되는 세계에서 그들이 불태운 것은 무엇일까. 그토록 없애버리고 싶었던 것은."이라는 상념에 빠지는 것이다. 어쩌면 화자의 꿈은 자신들이 갇힌 영원히 보존되는 세계를 부정할 수 있는 소멸일 수 있겠다. 이 세상이 자신의 종말이기도 한 영원히 보존되는 '플라스틱 세계'-'스노 글로브'와 같은-에 다다랐다면 화자 역시 이 세상에서 없애버릴 수 있는, 소멸될 수 있는 무엇인가를 찾고 싶다는 생각을 했을 테다. 그런데 화자가 찾은 것은 아직 플라스틱처럼 되지 않은 영역이다. 플라스틱처럼 다리가 딱딱해져버린 좀비 언니-지하철이나 학원에서 장시간 서 있어야 했던 언니는 살아 있을 때부터 이러한 플라스틱화가 진행되고 있었다고 할 수 있다-를 포기하지 않으려고 하거나 남자 친구 이재와 언니를 개줄처럼 목줄로 묶어야 할 때 주저하는 화자의 모습은 아직 인간 세상에서 플라스틱화 되지 않은 영역이 있음을 보여준다. 그리고 체온을 가진 손이 있다.

> 이재의 손은 모든 것을 녹일 것처럼 말랑하고 따뜻했다. 멀미가 날 것 같았다.

이 소설의 마지막을 맺는 두 문장이다. 언니를 일단 방에 놔두고 자신의 집으로 가자고 손을 내미는 이재의 손을 잡았을 때 화자는 아직 플라스틱의 식민화가 이루어지지 않은 체온을 감지한다. 그러나 "말랑하고 따뜻"한 이재의 손은 플라스틱의 식민지가 되어 가는 세상에서 이젠 낯설고 이물적인 느낌을 주기에 이르렀다. 화자에게 멀미가 일어나는 것은 이 때문일 테다. 여기서 더 나아가 「래빗 독스」에서는 '비부패 사물'이 완전히 세계를 식민화해버려서 인간과 동식물의 육신이 더 이상 이 세계에 거주할 수 없는 세계가 상정된다. 이 소설은 지구에 "조금도 썩지 않"은

전자기기들이 계속 생산되면서 '이차 철기 시대'를 맞이하여 "철기가 인간의 삶을 지배"하게 되고, 그리하여 지구에 생명체가 살 수 없게 된, 정말로 세상의 종말이 이루어진 세계 이후를 배경으로 삼고 있다.

「래빗 독스」에서 인류는 이차 철기 시대의 도래로 더 이상 지구에서 살 수 없게 되고 인류의 일부만이 지구 주위를 도는 우주선에서 살게 된다. 그런데 새로이 우주 공간에서 삶의 터를 잡게 된 인류 역시 지구에서와 마찬가지로 계급은 여전히 분할되어 있다. A구역과 지구에서 빈민으로 살았던 이들이 머무는 B구역으로 나누어져 있으며 주로 열악한 환경에서 지내는 B구역 사람들이 궂은 노동을 담당한다. 사실 지구의 인간 사회가 가난한 이들의 노동에 의해 유지되었을 때와 마찬가지로, 우주선 거주지가 유지되는 것은 바로 가난한 구역 사람들의 노동 덕분이다. 불평등한 사회체제는 '비부패세계'에 의해 멸망한 인류 사회 이후의 남은 사회에서도 변하지 않고 플라스틱처럼 지속되는 것이다. 이 두 계급은 남아프리카 공화국의 아파르트헤이트 정책에서처럼 서로 격리된 주거지에서 살아간다.(B구역은 지구 반대쪽에 있어서 이 구역 사람들은 지구를 볼 수 없다.) 지구 견학을 위해 합숙에 들어간 화자가 만나게 된 시노도 그가 처음으로 본 B구역 출신 사람이었다. 시노는 화자를 처음 보고 "우리 엄마가 너네 옷을 빨아"라고 말한다. 그만큼 피지배 노동계급 사람들이 계급 관계에 민감한 것이다.(하지만 시노가 화자에게 악의는 없다는 것이 곧 드러난다. 화자가 "네 엄마가 우리 옷을 빠는 건 내 잘못이 아니"라는 응대에 시노는 곧 화자에게 온기의 눈빛을 보낸다.)

　지구 견학을 함께하게 된 화자와 시노는 지구에 대한 정반대의 태도를 가지고 있다. 화자는 지구에 처음 발을 내디뎠을 때 토하고 만다. "놓아주지 않겠다는 붙드는 힘. 귀속시키고 무릎 꿇리려는 힘"에 역겨움을 느꼈기 때문이다. 그 역겨움은 「비부패세계」의 화자가 소설의 말미에서 느꼈던 멀미와 유사하다. 지구의 종말 이후를 사는 인류에게 저러한 '귀속의 힘'은 멀미를 넘어 역겨움으로 느껴지는 단계가 되었다는 것이 다르다면 다르다고 할까. 화자는 나약한 인간들이 멸망시킨 지구에 대해 경멸까지 갖고 있었다. 또한 이 죽은 지구를 떠나지 못하고 "그런 땅을 애도하듯 둥글게 둘러싸고 떠나지 못하는" 현재의 인류에 대해서도 불만스럽게 생각했다. 하지만 시노는 지구를 조상이 살았던 땅이라고 생각하고 "여길 그리워하는 사람이 많"다는 말을 화자에게 건넨다. 그는 우주선에서 죽은 조상의 유골을 지구에서 살았던 곳에 묻기 위해 규칙을 어기고 몰래 센터를 나가서 죽은 도시를 돌아다니기까지 한다. 조상이 흐린 기억으로 그린 낡은 지도 한 장으로는 그곳을 찾을 수 없어서 "나한테 이런 걸 어떻게 하라고, 이런 큰일을!"이라고 소리치면서 결국은 눈물을 흘리며 유골을 바람에 날릴 수밖에 없었지만 말이다.

시노에 대한 호기심 또는 호의를 갖고 있는 화자는 시노를 뒤따라 나가고 시노가 유골을 날리는 것까지 보게 된다. 유골을 묻는 데 실패한 시노는 센터로 돌아온 후 지구에 대한 미련을 버린 듯한 모습을 보인다. 그는 지도를 잘게 찢어버리고, 또한 센터 바깥의 도시로 나가는 모험을 함께했던 화자의 시선을 외면하면서 냉담한 태도를 취한다. 하지만 시노만이 변한 것이 아니었다. 화자는 시노와 반대 방향으로 변한다. 그 변화는 시노 뒤를 따라 센터 밖을 나와 도로를 거닐고부터 시작되었을 것이다.

> 어느새 내 걸음걸이가 제법 자연스러워졌다는 것이 느껴졌다. 내내 질척거리던 중력이 감각되지 않고 있었다. 내가 여기에 속해있다는 증거 같아서 기분이 나빠졌다. 인류는 언제나 미래를 생각해왔다. 그리고 나는 미래의 인간. 언젠가 더 먼 우주를 향해 가야 했다. 한 번도 경험해본 적 없는 이것이 자연스러워서는 안 되었다.

지구의 중력이 자연스러워졌다는 것, 그것은 그 자신이 경멸했던 지구의 조상과 같은 사람임을 말해준다. 시노가 지구에 남겨져 죽임을 당해야 했던 사람들을 생각해왔듯이, 지구의 도로를 걸으면서 그 역시 지구의 죽은 조상들에게 끌리고 있는 것이다. 두 사람이 지구 견학을 마치고 우주선으로 돌아온 뒤, 비록 만나지는 못했지만 화자가 시노를 만나러 우범지대인 B구역으로 통하는 통로까지 찾아간 것도 그 지구에서 느꼈던 자연스러운 중력 때문일 테다. 소설의 마지막 부분에서, 장래 희망이었던 탐사원이 되어 "우리가 살 수 있는 새로운 공간을 찾아내는" 일을 하게 된 화자는 "뭐라도, 이어질 수 있게" "내가 할 수 있는 일을 해야 했다"고 생각한다. 그 이어짐이란 바로 시노와 화자, 나아가 지구와 화자를 연결하는 것이다. 즉 지구의 중력이 끊어지지 않도록, 화자는 역설적으로 지구 반대편으로 날아가고 있는 것이다.

> 우리는 다시 만난 적은 없다. 그러나 그 애는 줄곧 지구의 반대편을 보고 있었다. 그러니까, 내가 가고 있는 방향. 네 시선이 내 등에 닿아 있다고 생각하면, 어쩐지 누군가 등을 끌어안고 있는 듯한 기분이 든다. 중력이었다.

지구 반대편으로 날아가야 하는 인류에게 멸망한 지구는 중력을 남겨 놓는다. 지구와 인간, 인간과 인간을 이어주는 힘인 중력. 세상의 종말 이후 인류에게 낯설게 된, 그 멀미를 일으키는 힘만이 인류를 지구인으로 남겨놓을 수 있을 것이다. 즉 지구와의 중력을 이어지게 하기 위해 지구 반대편으로 날아가고 있는 것이다. 그 중력은 사랑의 힘이라고도 바꾸어 말할 수 있다. 이 사랑의 힘이야말로 영원히 존재할 것 같은 플라스틱의 '비부패세계'를 돌파하고 초극할 수 있는 영원성을 지니고 있다. 이 책에 실린 조시현의 소설들은 세상의 종말 이후에도 존속할 영원한 힘, 사랑을 발견하는 과정을 보여주고 있다고 하겠다.

| 작가의 말

　무엇보다도, 무사히 책이 나올 수 있도록 도와주신 모든 분들께 가슴 깊이 감사드린다.
　언제나 더 나은 미래가 있다고 믿는다.

　계속 쓰겠습니다.

조시현

경驚.기記.문文.학學 45

비부패세계

조시현 소설집

초판 1쇄 발행 2021년 9월 10일

지은이	조시현
펴낸이	김태형
펴낸곳	청색종이
등록	2015년 4월 23일 제374-2015-000043호
주소	서울시 영등포구 문래동2가 14-15
전화	010-4327-3810
팩스	02-6280-5813
이메일	bluepaperk@gmail.com

ⓒ 조시현, 2021

ISBN 979-11-89176-66-2　03810

이 도서는 경기도, 경기문화재단의 문예진흥기금으로 발간되었습니다. 저작권법에 따라 보호받는 저작물이므로 저작권자와 출판사의 허락 없이 복제하거나 다른 용도로 사용할 수 없습니다.

값 6,800원